YINGZI
YINGXIONG

影子英雄

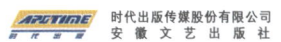

时代出版传媒股份有限公司
安徽文艺出版社

高满航◎著

高满航，北京师范大学文学硕士，中国作家协会会员。在《人民文学》《十月》《萌芽》等发表小说百余万字。出版《捕猎者》《参军吧，兄弟》《星途》《八月光荣镇》《爸爸星》《竹马是不会驰骋的马》等长篇小说，《宫里》《远远的天边有座山》《但见群山默》等中短篇小说集，《祝榆生：独臂总师铸铁甲》等长篇纪实文学，创作《导弹精兵成长记》《砺剑先锋》等影视剧本。多篇文章被选入初高中语文试卷。作品曾获第三届全国新概念作文大赛一等奖、全军首届网络文学大赛一等奖、长征文艺奖等，入选中国作协重点扶持项目、第二届"童阅中国"原创好童书、2021年度"上海好童书"等多种项目、畅销书排行榜和推荐阅读目录。

**YINGZI
YINGXIONG**

影子英雄

高满航◎著

时代出版传媒股份有限公司
安徽文艺出版社

图书在版编目（CIP）数据

影子英雄/高满航著. —合肥：安徽文艺出版社，2024.6
ISBN 978-7-5396-8046-0

Ⅰ.①影… Ⅱ.①高… Ⅲ.①长篇小说－中国－当代
Ⅳ.①I247.5

中国国家版本馆CIP数据核字(2024)第056966号

出 版 人：姚 巍
责任编辑：张妍妍　霍文妍　　　　　装帧设计：张诚鑫

出版发行：安徽文艺出版社　　www.awpub.com
地　　址：合肥市翡翠路1118号　邮政编码：230071
营 销 部：(0551)63533889
印　　制：合肥创新印务有限公司　(0551)64456946

开本：787×1092　1/32　印张：6.375　字数：90千字
版次：2024年6月第1版
印次：2024年6月第1次印刷
定价：25.00元

（如发现印装质量问题，影响阅读，请与出版社联系调换）

版权所有，侵权必究

献给无人知晓的无名英雄们。

他们在自己所处的时代,做出了超越常人的贡献,也独自承担着常人无法感知的苦难。他们是人类的道德高度和精神灯塔。无论什么时候,我们都应当铭记他们,感恩他们。

——写在篇首

目　　录

一、夏日烦恼 / 001

二、闯祸大王 / 021

三、暑假远行 / 044

四、诡异黑影 / 064

五、食人怪出没 / 081

六、落荒而逃 / 104

七、惊心动魄的相遇 / 119

八、他是谁 / 136

九、真相大白 / 148

十、一个和三个 / 166

十一、承诺 / 186

一、夏日烦恼

1

霍赞是个五年级的小男孩,他有着一头浓密的短发,瓜子脸,高鼻梁。每当笑起来的时候,霍赞脸颊上会凹出两个浅浅的酒窝。他又极爱笑,那两个酒窝便明白无误地告诉别人,他是个无忧无虑的乐天派。可事实上,看起来没有烦恼的霍赞并不是真的没有烦恼,他只不过是把烦恼藏在了自己心底。这不,暑假将至,霍赞的烦恼就像火山岩浆一样喷薄而出。他总追着妈妈问:"爸爸暑假到底回不回来?"

霍赞的爸爸是名军人,而且还是驻守在大山里的导弹旅参谋长。

细细推算起来,霍赞上次见到爸爸已经是两个多月之前了,那次的相见还纯属偶然。爸爸原本早就告诉霍赞,他打了休假报告,"五一"假期就能回来,可计划赶不上变化,导弹旅紧急领受了军事任务,爸爸是导弹旅的参谋长,他得牵头负责此项任务,说好的休假不得不泡汤。假期都已经结束了,爸爸却冷不丁回到了家里。霍赞高兴极了,他以为爸爸是回来补休没能休得了的"五一"假期。他拉着爸爸又是抱又是跳,仿佛是白捡了一份从天上掉下来的喜悦。这还不够,他又一股脑儿给爸爸"安排"了一大堆任务:陪他爬山、游泳、选购球鞋、参加校际足球赛、买画框……他急得就像一口气说不完就不作数一样,直说得上气不接下气,但他肺活量有限,不得不停下缓口气。可是,就在霍赞短暂停顿的一霎,爸爸盯着他抱歉地说:"这次没时间,只能下次了。"霍赞瞪大眼睛望着爸爸,显然难以接受爸爸抛给他的冷冰冰的回应,但他又毫无办法,只能像之前很多次一样,不得不无奈地接受这已经无法更改的事实。他这时才弄明白,爸爸回来并不是补休假期,而只是出差途经市里,顺道回来看望他和妈妈。

爸爸在家里顶多也就待了个把小时,就急匆匆地回他的导弹旅了。

"你下次什么时候回来?"

霍赞突然想起来似的,追在爸爸身后大喊。

"下次——争取暑假吧。"

爸爸已经出了门,他转过身时愣了一瞬,总算是给了霍赞一个确切的答复。

"好的,那我暑假等你回来。"

霍赞向爸爸挥手作别,两个浅浅的酒窝里溢出了暗藏在心底的欢喜。

2

"嗨,霍赞,我想跟你交换卡片。"这天下课后,老师刚走出教室门,霍赞前排的贝贝就转过身来,满脸神秘又充满期待地向霍赞展示一张半个手机大小的卡片,"你看,这个可是靓丽青春派的第一次大合影,而且是特写,每个人都看得一清二楚。"

霍赞看到,那张卡片上是五个帅气男生的照片。

"他们是谁?"

霍赞疑惑地盯着贝贝问。

"这个是靓丽青春派呀,看不出来吗?"贝贝不可思议地盯着霍赞,又扭头看了看卡片,疑心是自己拿错了卡片,"不会吧,你连靓丽青春派的主角都不认识呀?"贝贝显然已经确定,问题出在霍赞这里,"你不会都不知道靓丽青春派吧?"

"知道。"霍赞连忙强调,"靓丽青春派嘛,我当然知道。"

"那好,换不换?"贝贝补充说,"我要不是买重复了,才舍不得跟你换呢。"

"没问题,我跟你换。"

霍赞答应得斩钉截铁。

"你拿谁的换?"

贝贝炯炯有神的目光里写满了期待。

"这个嘛——明天你就知道了。"

霍赞故弄玄虚地打了个埋伏。

"好,等你明天拿来了,咱们就换。"

贝贝欣喜地说。

"一言为定!"

霍赞也豪爽回应。

霍赞搞不清楚,到底是从什么时候开始,班里悄然流行起了互换卡片。最先是女生们之间,她们交换那些公主的卡片、漫画的卡片,后来又拓展到女生和男生之间,彼此交换动漫卡片、明星卡片,最后几乎每个同学都参与其中。霍赞也弄不清楚,同学们哪里来的那么多卡片,为什么又要用自己的卡片交换别人的卡片。作为班级一员,霍赞是尚未加入换卡片大军的独一个,直到前排的贝贝向他发出邀约。

"拿什么跟贝贝交换呢?"

这竟然成了令霍赞挠头的大难题。

3

大概从小学四五年级开始,霍赞的许多同学就陆陆续续成为追星一族。他们追的明星也各不相同,有的追影星,有的追歌星,有的追球星,也有同学追的是动漫剧里的虚拟人物。他们因为共同爱好,竟还自然而然地组成了一个个"追星小组"。

霍赞也不例外,同样是个小小的追星族。

霍赞从小学四年级就开始追星,他称自己追的那些星为"英雄"。霍赞追的英雄不是一个,而是一个又一个。霍赞开始学画画的时候,听老师讲到凡·高的离奇故事,颇感兴趣,就缠着爸爸给他讲了更多有关凡·高的故事。霍赞被凡·高对绘画的坚守和执着吸引,很快就喜欢上了凡·高,他为此收集了凡·高的许多画作卡片。其中,他尤其喜欢凡·高那张少了一只耳朵的自画像,专门让爸爸给他买了张更大的,装进相框,挂在了自己房间的墙壁上,他称其为"绘画英雄"。霍赞学踢足球的时候,又迷上了C罗(著名足球运动员克里斯蒂亚诺·罗纳尔多的简称)。很长一段时间,他只要看见电视上有C罗的画面,或者电脑上有C罗的视频,就会从头看到尾,C罗参加的球赛就更不必说了,他简直成了"C罗通"。霍赞的球技虽然没能赶上C罗,但这并不影响C罗和凡·高享受同样待遇,他也把C罗的卡片装进相框并排挂到了墙壁上,他称之为"足球英雄"。

霍赞房间的墙壁上总共有四个相框,他神气地称之为"英雄军团"。

比凡·高和C罗更早入列"英雄军团"的,是西汉武将霍去病。

霍赞已经不能确切回忆起爸爸第一次给他讲霍去病的故事到底是什么时候。他只记得,小小年纪的他从刚开始听到霍去病故事的时候,就深深地迷上了这个战无不胜的西汉名将。霍赞慨叹霍去病实在是个了不起的人物,以少胜多是家常便饭,十八岁就领兵出击匈奴,凯旋后荣封冠军侯,攻克匈奴王廷,封狼居胥,加拜大司马骠骑将军……听听,这样的霍去病简直是神话人物一样的存在。可事实上,他并不是虚幻的神,而是中国历史上有血有肉的真实人物。只是可惜,由于连年征战,霍去病在二十三岁的青春年华就因病早逝。霍赞很多次盯着爸爸问:"他要是活着,会不会成为超级英雄?"

显而易见，霍赞已经为霍去病准备好了"超级英雄"的名签。

"超级英雄？"

爸爸显然不太明白霍赞想要表达的意思。

"就是——打败历史上其他所有的英雄。"

霍赞睁着大大的眼睛看向爸爸。

"那怎么可能？"爸爸给出了霍赞期许外的答案，"历史上的每位英雄都有属于自己的时代，霍去病就算再厉害，也不能倒退五十多年和韩信决胜于千里之外，更难以快进三百三十年和关云长大战三百回合。"但是爸爸紧接着又说，"不论霍去病，还是韩信、关云长，他们都在自己的时代为国家做出了巨大贡献，称得上真英雄。"

"可是，"霍赞憋红了小脸争辩说，"我还是觉得霍去病更厉害。"

"好好好，你觉得厉害，那就厉害。"

爸爸迁就了霍赞的坚持。

"那可不可以叫'超级英雄'?"

霍赞锲而不舍地追问。

"当然可以。"爸爸这回更爽快,"完全可以叫'超级英雄'!"

"太好了,我有'超级英雄'了!"

霍赞笑出了两个浅浅的酒窝,那酒窝却根本盛不下他溢于言表的得意。

4

"怎么样,带来了吗?"

第二天早上霍赞刚到教室,贝贝就转过身来充满期待地盯着他问。

"肯定带来了。"霍赞笑应贝贝,"我说话从来都是算数的。"

"快拿出来看看!"

贝贝急不可待地催促。

"别急嘛,我先把早读的书拿出来。"

霍赞已经尽可能快地从书包里往外掏书了。

"我得先看看你拿的什么卡片。"

贝贝起身探过头,那样子恨不得自己动手从霍赞的书包里找卡片。

"你的带了吗?"

霍赞也问贝贝。

"当然。"

贝贝把昨天的那张靓丽青春派卡片拍在了霍赞的书桌上。

"我的是这个——意不意外?惊不惊喜?"

霍赞也掏出一张差不多大小的卡片,骄傲地拍在了书桌上。

"你这是个啥?画吗?我咋没见过呢?"

贝贝皱着眉看向霍赞的卡片。

"这个你肯定没见过,但你肯定听过。"

霍赞信心满满地说。

"我听过？那你说，是谁？"

贝贝疑惑地盯着霍赞的卡片，她显然对卡片上的人一无所知。

"霍去病！"

霍赞骄傲地答复贝贝。

"不认识。"

贝贝把头摇得像拨浪鼓一样。

"霍去病，民族大英雄，你竟然不认识？"霍赞显然有些意外，但很快，他就将意外的困惑转化成了答疑解惑的行动，耐心地给贝贝讲起了霍去病，讲霍去病如何年纪轻轻就带兵打仗，又如何以少胜多创造奇迹。可是呢，贝贝显然对霍赞无比敬仰的这个大英雄不感兴趣，她不但说从来没听过这个人，而且伸出手来，准备拿回自己的卡片。

"别呀，咱俩一换你不就认识了吗？"

霍赞第一次和同学交换卡片，他心里接受不了以失败收场。

"怎么可能？我这可是靓丽青春派的卡片！"

贝贝伸手来取卡片，她显然已经没有了继续跟霍赞交换卡片的兴趣。

霍赞眼疾手快，赶在贝贝前面一把捂住了靓丽青春派的卡片，又急忙伸出另一只手到书包里掏，终于掏出一张新的卡片，递给贝贝说："实在不行，我用这张跟你换。"

"这不是C罗嘛。"

贝贝噘嘴说。

"没错，这张你倒认得准。用这张，算得上是平等交换吧？"

霍赞把印有C罗照片的卡片递给贝贝。

"你们男生才喜欢球星，我们女生另有所爱。"

贝贝毫不留情地扯开霍赞的手，又毫不犹豫地拿走了自己的靓丽青春派卡片。

"这可是C罗的卡片呀，你竟然都不换？"

霍赞太在意这次交换了，却又丝毫不能决定结果。

"我换！"马宝从座位后面冲过来，一把夺过霍赞手里的C罗卡片,并且不无嘲讽地盯着霍赞说,"霍赞呀霍赞,你真不够意思,我跟你要了多少回这张卡片了,你都不给我,今天倒好,拿到学校里来要给贝贝。她是女生,大概压根都不知道C罗呢。"

"C罗谁不知道?他不就是踢足球的吗?"

贝贝转过身来,不服气地跟马宝争辩。

"我是要跟她交换,不是白给。"

霍赞一边皱着眉头解释,一边伸手欲夺回自己的卡片。

"那好,我也跟你换。"

马宝躲过霍赞的手,麻利地把卡片装进了自己的衣兜里。

"你拿什么换?"

霍赞盯着马宝问。

"这个你别管,下次我给你带一张就行了。"

马宝喜笑颜开地扬长而去。

霍赞扭头看着马宝远去的背影,心情低落到了极点。

"哼,你的靓丽青春派有什么了不起?我还不乐意用霍去病和C罗跟你换呢。"

霍赞盯着贝贝的背影气呼呼地想着。

可是很快,他又陷入了求而不得的悲伤中。

他极想和贝贝换卡片,可不但没换成,C罗卡片还被马宝给拿走了。

5

"马宝,马宝,你别急着走呀,等等我。"

霍赞受到了没换成卡片的影响,从上午第一节课开始就老走神,全天都昏昏沉沉的。他终于等到了放学的铃声响起,长长地舒了口气,提起书包,从教室后面拿了暂存的足球就冲出教室。他原本打算约马宝到滨河公园足球场踢球,可他眼看着马宝朝学校门口跑去,喊也没喊住。他不确定马宝今天是不是因为C罗卡片的事而急匆匆不辞而别。

"方天,一起去滨河公园踢球?"

霍赞转身邀约紧跟在他身后出教室的同学。

"我可去不了。"叫方天的同学说,"我爸爸在校门口等着我,说带我去学滑旱冰。"

霍赞有些沮丧,又喊另一个同学:"陈朗,去踢球?"

"去不了,去不了。"叫陈朗的同学直摇手,"我爸爸今天要带我去吃大餐呢。"

霍赞皱起眉头,左右看看,跟前再没有可以跟他一起踢球的同学。

他独自一人,一边朝校门口走去,一边落寞地踢着装在网兜里的足球。他还存着希望,看能不能碰到一起踢球的同学。校门口挤满了接学生的家长和寻找家长的学生,他好不容易从人群里看到了一个球友,可还没来得及开口呼喊,就见球友坐上了他爸爸的电动车。霍赞已经张开了嘴,最终没喊出名字,他目睹球友坐在爸爸的电动车后座上远去。

"霍赞,是要去踢球吗?"

人群里有同学喊霍赞。

"是呀,要不要一起?"

霍赞惊喜地询问同学。

霍赞还没等到同学回答,就听见不远处同学的爸爸已经在呼叫同学了。霍赞只能强挤出笑脸和同学再见。同学和爸爸离开后,他笑脸上的浅浅酒窝不由自主地绷平了。

霍赞没找到球友,只能取消了踢球的计划,直接回家。

与往常同样距离的归家路,霍赞这回觉得无比漫长。他的脚发麻,已经没有心思再踢装在网兜里的足球了。他头脑发涨,听到车来车往的声音就烦躁。他心急如焚地往家赶。

"今天几号?我爸爸是不是该回来了?"

霍赞刚进门就大喊着问妈妈。

"你爸爸之前说的啥时候?"

妈妈接过霍赞的书包。

"爸爸说暑假,这也没几天了。"

霍赞倒还清晰地记得爸爸上次和他的约定。

"可是,"妈妈犹豫了一瞬,还是如实说,"你爸爸又有任务了。"

"任务?什么任务?暑假前干不完吗?干完不就能回来了?"

霍赞瞪大眼睛望着妈妈,就像打机关炮一样,提了一连串的问题。

"任务的事我可不懂,但是,你爸爸已经打电话说了,他暑假回不来。"

妈妈小心翼翼地答复霍赞。

"不是说好的暑假休假吗?怎么又说话不算数?"

霍赞的眼眶里蓄满了委屈的眼泪。

"爸爸不回来也没关系,暑假的时候我们可以去导弹旅看他。"

妈妈尝试着宽慰霍赞。

"我才不去呢,我根本就不想见他。"

霍赞掉落的泪水里混杂着的,又岂止委屈、伤心和气愤?

霍赞带着足球出了门,他今天太憋闷了,必须得找地方拼尽全力踢一场球。他和往常一样,到马宝的家里去找马宝。马宝家和霍赞家在同一个小区,而且马宝爸爸也在部队工作。他俩的爸爸常年不在家,爸爸妈妈中少了一个人管,便多了一份自由。平日里,不是霍赞来找马宝,就是马宝去找霍赞,他们俩总能尽情地玩上很长时间。

"马宝,马宝,去踢球了。"

霍赞把马宝家的门拍得啪啪响。

"马宝不在家。"开门的马宝妈妈说,"他爸爸带他出去了。"

"阿姨,你说是谁带他出去?"

霍赞觉得自己听错了。

"马宝的爸爸,你马叔叔呀。"

马宝妈妈笑望着霍赞。

"那个——马叔叔不是在部队吗？他能回来？"

霍赞惊讶地盯着马宝妈妈。

"能呀，不但能回来，而且以后都不走了。"

马宝妈妈笑着说。

霍赞瞪大了疑惑的眼睛，他有太多问题，可一时半会儿又不知怎么问马宝妈妈，只能和马宝妈妈道别。霍赞悻悻地往回走，打定主意要找马宝解开一个个谜团。

二、闯祸大王

6

霍赞回到家里后,反复想着马宝妈妈说马宝爸爸以后都不走了的话。他吃饭的时候想,做作业的时候想,睡觉的时候也想,可终归弄不明白是什么意思。马宝爸爸为什么能回来?为什么还可以不走呢?同样是军人,自己爸爸怎么就回不来?上次回来一次,为啥又匆匆走掉了?霍赞想不通,被搅扰得翻来覆去睡不着。

"霍赞,霍赞,赶快起床,要迟到了!"

霍赞平时都是到点就醒,这天早上却睡过了头。

霍赞被妈妈叫醒后,一骨碌爬起来,三下五除二穿好衣服,拎起书包就冲出门。妈妈在后面喊:"还没吃饭呢。"霍赞头也不回地说:"不吃了。"妈妈又喊:"那你把鸡蛋带上到学校吃。"霍赞说:"来不及了,不带了。"话音没落他就已经下了楼。

霍赞出了自己家的单元门后没有跑向学校,而是直奔马宝家。

霍赞和马宝两家离得不远,他们每天都结伴步行去学校。早上,他起得早就来叫马宝,马宝起得早就去叫他,大多数时候,他俩能在两家的中间地带相遇,然后有说有笑甚至勾肩搭背地朝学校走。放学的时候,不管谁出教室早,都在外面等着另一个,然后俩人又一起回家。偶尔他们并不直接回家,或者到滨河边看大人们钓鱼,或者到滨河公园足球场踢球。有时他们俩什么都不干,只不过走得磨磨蹭蹭,回到家时已经很晚,彼此的家长总以为他们去对方家玩了。

昨天下午是个例外,马宝放学后竟然不辞而别。

霍赞急匆匆往马宝家赶去,生怕马宝今天走早了。

霍赞赶到马宝家楼前,正巧碰上马宝出单元门。他高兴极了,大喊着马宝的名字就奔了过去,可他还没到马宝跟前,就看到了紧跟在马宝身后出单元门的马宝的爸爸。霍赞瞬间就停住了脚步,他当然认识马宝的爸爸,但这会儿对马宝爸爸的出现感到意外。更确切地说,在这个有马宝爸爸的场合,霍赞不知道该怎么打招呼和说话。

"霍赞你好,我们可是好久没见了呢!"

马宝爸爸笑着先和霍赞打招呼。

"嗯……叔叔……是的……你……我们……嗯……很长时间没见了。"

霍赞把每个字都嚼出了生涩的味道。

"我爸爸今天送我上学!"马宝欢快地说,"以后都送!"

这时,霍赞看到马宝爸爸发动了摩托车,马宝大长腿一跨,就骄傲地坐到了后座上。马宝爸爸招呼霍赞:"来来来，霍赞也来，挤一挤。"马宝也说："霍赞，你也上来，坐我前面。"马宝说话的时候，身子努力地往后面挪了挪，却也没能挪出足够的空间。霍赞犹豫了一瞬，还是拒绝了："我坐不惯摩托车，还是走着吧。"

霍赞说完后扭头就走，任凭马宝爸爸和马宝大声叫他也不回应。

霍赞为了避免尴尬，走出楼栋后，直奔小区花园里的小路，那里距走车的大道有段距离，这样他看不见马宝和马宝爸爸，马宝和马宝爸爸也看不见他。霍赞故意在小花园里放慢了脚步，估摸着马宝爸爸的摩托车已经走远，才朝着小区门口走去。

霍赞一路上紧赶慢赶，差一点迟到。

他踩着铃声进教室时，瞥见马宝正在座位上大声朗读英语课文。

7

霍赞终于熬到课间,他迫不及待地奔向马宝的座位。

"哎呀,我今天忘记拿跟你交换的卡片了,明天吧。"

马宝心里装着昨天拿了霍赞 C 罗卡片的事,赶忙起身向霍赞解释。

"明天就明天吧。"霍赞无所谓地说,"什么时候都行。"

"今天早上可是你自己不愿坐车的。"马宝像做了错事一样,红着脸说,"还有昨天下午,我本来想等你的,可又怕我爸爸在外面等得太久,就没来得及跟你说,先走了。"

"没关系,这些我都理解。"

霍赞大度得很。

"理解万岁!"马宝的脸上露出笑来,"我就知道你不会小家子气的。"

马宝离开座位,朝着厕所走去。他刚出门,却又被霍赞追上。

"你爸爸回来了?"

霍赞问。

"对呀,你今天早上不是看到了吗?"

马宝疑惑地望着霍赞。

"你爸爸回来就不走了?"

霍赞继续问。

"对,我爸爸转业了,再也不回部队了。"

马宝满脸笑容地回答。

"转业?什么是转业?转业就不用回部队了?"

霍赞拉着马宝的胳膊,就像揪住了救命的稻草。

"你连这个都不知道?"

马宝皱着眉问霍赞。

霍赞摇头:"你快说说,这转业是什么意思?怎么还能不走了?"

"别急,我快憋不住了,等我上完厕所。"

马宝急匆匆进了厕所。

马宝出来的时候,上课铃声响了,他自然就没法立即解答霍赞的疑惑。

霍赞在这节课上又走了神,而且极为不幸的是被老师点名回答问题了,他当然没能回答上来,于是被惩罚站了一整堂课。但他并不为此感到委屈或者沮丧,反倒是极为兴奋,因为他觉得自己即将找到一种方法,让爸爸永远回到自己的身边。

再下课的时候,霍赞就静静聆听马宝给他普及关于转业的知识。马宝因为接触了自己爸爸转业的全流程,倒也把政策了解得八九不离十。他尽己所能地讲解了一遍,又怕霍赞不能完全理解,不知从哪里抄来了关于转业的专业解释,第二天来校时拿给霍赞看:转业是指中国人民解放军或中国人民武装警察部队中的军官和服现役满12年的士官退出现役,分配到国家机关、企业、事业等单位,参加工作或参加生产的活动。

"那你爸爸都符合那上面的条件?"

霍赞清楚自己爸爸和马宝爸爸的情况相差无几。

"当然符合,要不然他怎么能转业,又怎么能回来?"

马宝一本正经地反问霍赞。

"那你爸爸分配到哪里——参加工作或参加生产的活动?"

霍赞盯着手里的手抄条文问马宝。

"在那个什么局,我也没记清,反正他上班的地方就跟咱小区隔条马路。"

马宝使劲挠着头,却也没能想起他爸爸单位的名称。

"这么近!"霍赞惊呼,"那你岂不是天天都能见到你爸爸?"

"那当然。"马宝挺着胸脯说,"我爸爸以后天天都能接送我。"

"你也太爽了吧!"

霍赞由衷感叹。

"你爸爸怎么不转业?"

马宝突然皱起眉头盯着霍赞问。

霍赞哑口无言，他也弄不清自己爸爸为什么不转业。

"让你爸爸也转业。"马宝支招儿说，"这样的话，你们也能天天见面了。"

霍赞面露喜色，他觉得马宝的建议实在太有道理了。

8

"妈妈，你知不知道什么是转业？"

霍赞放学刚进家门，就兴奋地盯着妈妈问。

妈妈听差了，以为霍赞说的是"专业"，但又疑惑刚从学校回来的儿子为何要问这个。霍赞见妈妈不说话，急切催问她知不知道。妈妈想了想，告诉他说："专业就是研究某种学业或者从事某种事业，也可以理解为……"霍赞不等妈妈把话说完，就把头摇得跟拨浪鼓一样："不对，不对，我说的是部队的转业。"妈妈这次听明白了，但不明白他怎么突然问起这个，犹疑地望着霍赞说："这个转业，指的是离开部队到地方上工作。"霍赞盯着妈妈兴奋地说:"对对对,你竟然也知道呀!"

"我当然知道了。"妈妈笑问霍赞,"你问这个干吗?"

"你既然知道,为什么不告诉爸爸?"

霍赞急切地盯着妈妈问。

"你爸爸,他……他应该也知道呀。"

妈妈疑惑地看着霍赞,她到此刻还搞不清霍赞的意图。

"不可能。"霍赞肯定地说,"爸爸如果知道,那他为什么不转业?"

"你想让爸爸转业?"

妈妈惊讶地望着霍赞。

"肯定的呀!"霍赞兴奋地盯着妈妈,"你想想,爸爸如果转业了,就能离开大山里的导弹旅,到马路对面的单位上班,那可太近了!不光能接送我上下学,而且能帮你买菜、做饭,你也不用再半夜三更独自一个人带发烧的我去医院,不用冒着雨送我去兴趣班。还有顶顶重要的一点——周末的时候,爸爸可以带我们去爬山。"

霍赞的惊喜之情不亚于发现了新大陆。

"可是——"

妈妈好不容易等到霍赞说完,想说什么,却突然卡住了。

"可是什么呀?"霍赞催妈妈,"你赶快给爸爸打电话,爸爸肯定不知道转业,他如果知道,为什么不早早转业?"他又抱怨妈妈,"你应该早早告诉爸爸的。"

"这会儿是上班时间,你爸爸肯定不在宿舍。"

霍赞和妈妈如果给爸爸打电话,只能打到爸爸在导弹旅家属院的宿舍,但爸爸一般只有晚上才在宿舍,他们打过去的电话也才能接通。但这会儿霍赞急切得很,他明知道是这么个情况,却又不甘心,想着说不定爸爸正好在宿舍,就催着妈妈赶快拨。

妈妈拨过去后,果然,那边无人接听。

"你再拨,说不定就通了呢。"

霍赞恨不得立马就和爸爸通上话。

妈妈拨了好几次,仍是"无人接听"。妈妈建议晚一点再打,霍赞却等不及,他要过电话自己打。他一遍又一遍地拨,那边一遍又一遍地回"无人接听",但他毫不气馁,等那边自动挂断,他就又重拨。直到晚上十一点多的时候,爸爸终于接起了电话。

"爸爸,我想了个好办法,你可以转业离开大山里的导弹旅。"

霍赞忙不迭地对电话那端的爸爸说。

霍赞把电话的听筒紧紧地扣在自己的耳朵上,妈妈只听得到爸爸在那边说话,但听不清说什么,不过她能从霍赞逐渐消退的笑容里猜得出,爸爸并没有接纳霍赞的意见。"可是,可是——"霍赞显然想坚持,却没"可是"出下文,最后气呼呼地挂断了电话。

"爸爸真讨厌!"

霍赞头也不回地进了自己房间。

"怎么回事?爸爸怎么跟你说的?"

妈妈不放心,追着进了霍赞的房间。

"爸爸真讨厌!"霍赞说,"他明明知道转业,可他就是不愿回来!"霍赞怒不可遏地从墙壁上取下他给爸爸画的像。没错,他的"英雄军团"里除了霍去病、凡·高和C罗,还有他画的爸爸。他一直以来都把爸爸视作偶像,但这会儿,显然不是了。

霍赞不解气,妈妈走后,他毫不犹豫地把爸爸的画像扔进了门口的废纸箱里。

9

"你爸爸为什么能转业回来?"

这天在学校,霍赞又和马宝聊起马宝爸爸回来的话题。

"还不都是因为我呗。"

马宝满脸自豪地说。

"因为你?快说说,咋回事?"

霍赞自然急于知道马宝有什么可以让他借鉴的魔法。

马宝不说,霍赞不知道。马宝一说,霍赞茅塞顿开。

马宝说:"你知道的,我的成绩一直上不去。"这个霍赞当然知道,不论语文、数学还是英语,马宝的成绩都惨不忍睹。马宝又说:"你也是知道的,我总闯祸。"这个霍赞也知道,仅上个学期,马宝就先后撞碎教室玻璃,踩瘪同学的文具盒,踢球砸坏学校走廊里的灯。霍赞见马宝妈妈一趟一趟为了马宝到学校见班主任,脸色一次比一次难看。

"我妈给我爸下了最后通牒,说她管不了我了。"

马宝得意地说。

"然后呢?"

霍赞盯着马宝问。

"然后你不就知道了?——我爸就回来了。"

马宝说。

"就这么简单?"

霍赞难以理解。

"就这么简单!"

马宝肯定地说。

"走,踢球去!"

霍赞的眼睛里放出了希望的光芒。

"现在?"马宝丈二和尚摸不着头脑,"你怎么想起一出是一出?"

"当然是现在,去不去?"

霍赞催道。

"好好好,跟你走。"

马宝答应了。

两人来到小区运动场。小区运动场没有足球场,只有一块篮球场,没人打篮球的时候,他俩就在篮球场上练射门,却也不敢用力,因为篮球场紧挨着停车场,一不小心就可能砸着别人的汽车。所以很多时候,他们宁愿多跑点路,去滨河公园足球场踢球。

到了篮球场,马宝看着紧挨着的一排排汽车,皱着眉头跟霍赞商量:"要不,咱还是去滨河公园足球场吧?"霍赞坚定地说:"哪里都不去,咱就在这里踢。"马宝只能随了霍赞。球落地后,他踢得小心翼翼。可是霍赞刚挨着球,就飞起一脚来了记"重炮"。马宝眼看着足球从他脚下飞过,随后,从他身后传出咚的一声重响。他扭过头去看的时候,足球已经砸掉了一辆车的倒车镜,一蹦一跳,又弹回到篮球场。

"这下你闯祸了。"

马宝紧张地对霍赞说。

"闯祸就闯祸,这有什么大不了的?"

霍赞倒是一副无所谓的样子。

没过多久,车主来了,霍赞妈妈也来了。妈妈不但给别人赔了经济损失,还一个劲地赔礼道歉。霍赞倒成了旁观者,好像眼前发生的这一切与他完全没有关系。回家的路上,妈妈说了霍赞几句,他不但不承认错误,反倒像是得了理,义正词严地对妈妈说,马宝以前闯的祸比他多多了,直到马宝爸爸从部队转业回来,马宝才不再闯祸。

妈妈惊讶地望着霍赞。

"爸爸要是能转业回来,我保准不再闯祸。"

霍赞又强调说。

"爸爸转不转业和你闯不闯祸是两个事情,不能混为一谈。"

妈妈苦口婆心地说。

"我不管,在我这里就是一个事情。他如果不回来,我还得闯祸。"

霍赞梗着脖子坚持己见。

10

天气渐热,五年级的期终考试如期而至。

监考老师正在考场上踱着步子巡查,突然就见霍赞站起身来。老师忙问他:"你是要去卫生间吗?"霍赞摇摇头:"我交卷。"老师紧走几步来到霍赞跟前:"这么早就交?"他分明看到,霍赞的卷子只做了大概三分之一,剩下全是白的,连尝试着做的痕迹都没有,"后面的都不做了?"霍赞仰着面庞说:"都不会,不做了。"他就像完成了一项了不起的壮举,把卷子反扣在桌子上后,骄傲地离开了考场。

连着语文、数学和英语三场考试,他皆是如此。

几天后,考试成绩揭晓。班上有很多个100分,大多数同学是某一科100分,也有极个别同学三科都是100分。班主任讲评完考试情况后,对成绩优异的同学进行了表扬,同时受到表扬的还有马宝。马宝倒不是也得了100分,而是"进步最大",不但语、数、英都冲过了对他来说"老大难"的及格线,而且数学还破天荒地考了79分。马宝轻易得不到表扬,不太适应夸赞之词。当班主任建议同学们给他以掌声鼓励的时候,他竟然羞红了脸,将头深深地低了下去。紧接着,班主任不点名批评个别同学考试态度不好导致成绩一塌糊涂的时候,马宝大声说:"快看,霍赞也是'100分'。"同学们好奇,刚才班主任表扬考100分的同学时并没有提到霍赞呀,便纷纷望向霍赞,马宝不失时机地将霍赞的试卷展示给大家。这时候,大家看到霍赞三张卷子上的分数分别为34、33、33。马宝怕大家不理解他的意思,指着问:"加起来是不是100分?"

同学们听了马宝的解释,哄堂大笑。

马宝在同学们的笑声里又添油加醋地说:"霍赞不是33就是34,每门课都旗鼓相当,倒也不偏科。"同学们闻言,又笑成一片。不出意外,好不容易受到班主任表扬的马宝又轻而易举地受到了班主任的批评。同时呢,班主任原本想不点名批评的霍赞也被暴露到了光天化日之下,大家都知道了他三张试卷加起来统共才100分。霍赞倒是一副无所谓的样子,大家笑,他也笑,就像被笑的不是他,而是另一个活该被笑的同学。

"妈,我回来了。"霍赞刚进门就高调宣告,"考试成绩也出来了。"

"这次有没有得满分?"

妈妈显然已经习惯了霍赞考出好成绩。

"你看了就知道。"

霍赞从书包里掏出三张卷子递给妈妈。

妈妈笑意盈盈地接了过去,可是很快,三张卷子上的分数就融化了她的笑容。她把一张卷子从头看到尾,又从一张卷子看到另一张卷子,皱着眉头问霍赞:"这个——你怎么答都不答,大半张卷子都是空白的?"霍赞轻描淡写地说:"没答的肯定都是不会的。"妈妈疑惑:"不对呀,这道题你之前练习的时候都会呀,一模一样的题。"霍赞说:"肯定不一样。"妈妈从他的书包里掏出了练习本,又从练习本上找到了那道题,题目一模一样,解题的要求也一模一样。霍赞看了一眼,嘟囔着说:"那就是练习的时候会,考试时又忘了。"看看,他做题的时候尽是不会,找借口倒是有理有据。

"我可听马宝妈妈说马宝这次进步很大。"

妈妈叹了口气,恨铁不成钢地望着霍赞。

"马宝是马宝,我是我,能一样吗?"

霍赞倒像是得了理一样义正词严。

"怎么就不一样?你上学,人家也上学,你做作业,人家也做作业,都是一个班,一样的老师,一样的试卷,怎么就不一样了?"妈妈用质问表达对霍赞的不满。

"马宝的爸爸天天晚上给他讲一则故事,所以他的语文作文得了高分;他有不会的数学题,他爸爸不但给他讲答案,而且还给他讲思路,所以他有了大进步;他爸爸在家里坚持跟他用英语对话,所以他的英语提高了几十分。你说,这个怎么能一样?"

显而易见,霍赞对妈妈的每一句反驳都是有备而来。

"这些我没做吗?不都一样吗?"

妈妈反问。

霍赞很快就意识到,他说的这些都立不住脚。他说的都是发生在马宝身上的变化,马宝爸爸回来之前和回来之后,对于马宝来说的确不一样,但是对于他来说,马宝爸爸回来后所做的,他的妈妈也一直在做。所以说,他提到的一切只能作为马宝进步的理由,而不能成为他退步的借口。可即使他知道理亏,也仍旧固执地说:"就是不一样。"

妈妈懂了霍赞的意思,却仍旧问:"那你说,怎么才能一样?"

"让我爸爸转业。"他定睛看着妈妈说,"天天跟我们在一起。"

"这个事情你上次不是打电话跟你爸爸说过了吗?"

妈妈无奈地看着霍赞。

"爸爸不听我的。"霍赞说,"马宝爸爸转业回来是马宝妈妈下的命令。"

"马宝妈妈下的命令?"

"对,你也给爸爸下命令,让他转业回来。"

妈妈算是证实了自己的猜测,这段时间以来,霍赞想一出是一出,原来都是照着马宝爸爸转业的路子给她出题目。她无奈地摇了摇头,实在拿这个儿子没办法。

三、暑假远行

11

夏天的酷热还没来得及完全笼罩校园,就到了放暑假的日子。

往年这个时候,霍赞和妈妈早就做好了假期安排。他要么和妈妈一起到爸爸所在导弹旅的家属院住上一段时间,要么回姥姥姥爷家,爸爸也偶尔赶在暑假期间休假,带着他和妈妈一起去外地旅游。可是今年呢,当妈妈提议去导弹旅的家属院时,霍赞开始是同意的,可是他很快又反悔了,摇着头坚决地说:"我无论如何都不往大山里去。"

导弹旅在大山里,他说的"不往大山里去"指的就是不去导弹旅。

"那你说,暑假想去哪里?"

妈妈征询霍赞的意见。

霍赞想去的地方很多,一会儿想去有海的城市看海,一会儿又想去有山的城市爬山。有时他又想到自己的英雄偶像霍去病,想到草原上去,沿着霍去病当年荡平匈奴王廷的路线走一遭。但到最后,他只不过对妈妈说:"别急,我再想想。"

几日后,霍赞终于做出了艰难的取舍。

"我做好决定了。"

霍赞坚定地对妈妈宣布。

霍赞说这话的时候,妈妈刚接完一个电话,他发现,妈妈的脸上因为接听电话而凝上一层冰霜,但他仍旧希望妈妈接着他的话问"决定好去哪儿"。他循着妈妈的提问,才好庄严地宣布自己得来不易的答案。可是,霍赞的想法落了空,妈妈并没有问他想好的去处,他也就没有机会告诉妈妈他的答案,更没机会解释为什么是这个答案。更可气的是,妈妈不容置疑地向他宣布:"你暑假只能去导弹旅。"

"为什么?"霍赞急了,"你可不能说话不算数。"

"姥姥生病住院了,"妈妈皱着眉向霍赞解释道,"我得回老家照顾姥姥。"

"我也回老家。"霍赞说,"我帮你一起照顾姥姥。"

"那可不行。"妈妈一口回绝了霍赞,随即又解释道,"姥姥住院,我和姥爷要在医院陪护,你不可能跟我一起住在医院,也不能让你一个人住在姥姥家。再说了,你的一日三餐怎么解决?你的安全谁负责?"妈妈讲道理摆事实,想让霍赞知难而退。

"我……我不管,反正我不去大山里。"

霍赞不说妈妈讲得没道理,只一口咬定自己的诉求。

"那你说,"妈妈问,"姥姥家不能去,大山里也不去,你去哪里?"

霍赞盯着妈妈看了一会儿,终是不知如何答复,陷入了沉默。

"爸爸也想你了,你去导弹旅看看爸爸吧。"

妈妈温和地望着霍赞。

霍赞没说去,也没说不去。他仍旧沮丧地沉默着。

12

"妈妈,我听你的,去大山里的导弹旅。"

经过一夜考虑,霍赞终于下定决心。第二天一大早,他迫不及待地向妈妈字正腔圆地宣布。妈妈为霍赞的决定感到由衷的欣慰,只是她不知道霍赞暗中打着自己的小算盘。

几日后,霍赞到达了导弹旅的家属院。

导弹旅的家属院与导弹旅营区一墙之隔。大多数时候,爸爸早上六点就起床,有时给霍赞做早点,有时是从家属院的食堂打回来,然后不等霍赞起床,就去隔壁的营区上班。爸爸工作很忙,一日三餐也都在营区食堂吃,常常要到晚上十二点甚至更晚才回到家属院的宿舍。也有时候,爸爸要到比营区所在位置更深的山里的阵地去,那样的话,一去就得好几天。爸爸不在的时候,霍赞就独自在宿舍里写作业或者看电视,到了吃饭的时间,他自个儿带上饭卡到食堂吃饭。爸爸只要晚上回宿舍,通常要检查霍赞的作业,但这个时候他已经睡着,爸爸检查出问题却没法当面纠正,只能用笔标注出来。霍赞虽说住到了导弹旅的家属院,却也是难得和爸爸见上一面。

爸爸的早出晚归让霍赞很不适应,也很是沮丧。

霍赞之所以同意来到导弹旅,就是变换了思维,决定把与爸爸的冷战变为主动出击,利用来导弹旅的机会说服爸爸转业。他把自认为足以说服爸爸的话语在脑子里温习了一遍又一遍,就等着向爸爸和盘托出,可谁能想到,虽在同一个屋檐下,他竟和爸爸几乎打不了照面。霍赞下定决心,晚上不管多晚都等爸爸,一定要和爸爸谈一谈。

霍赞写完了当天的作业,洗完了脸,刷完了牙,泡完了脚,又在电视上看完了一部电影,虽然困意汹汹,但他坚持不睡,又换到了一个纪录片频道,强迫自己观察非洲草原上的角马如何在重重危险中进行九死一生的艰难迁徙。他困极了,眼皮子刚刚合上,一想到了自己得等爸爸回来,眼皮子就又艰难打开。一开一合中,他迷迷糊糊地看到角马穿越草原、跃过沟壑、蹚过河流,又被潜藏在水中的鳄鱼无情攻击。就在这个时候,霍赞听到了钥匙开门的声音,他猛然惊醒,兴奋地意识到是爸爸回来了。

"这么晚了,怎么还不睡觉?"

爸爸疑惑地望着疲惫的霍赞。

"专门等你呢。"霍赞说,"我要跟你谈谈。"

"好好好。"爸爸饶有兴趣,"等我洗漱完,咱俩好好谈谈。"

爸爸换衣服洗漱,霍赞继续看角马迁徙。可是,当爸爸洗漱完出来的时候,霍赞已经倒在沙发上睡着了。第二天醒来时，霍赞才发现自己被爸爸从沙发上抱到了床上。

他为失去一次说服爸爸的机会而懊恼不已。

"只能再想办法了。"

霍赞在心里默默地想着。

13

霍赞翻箱倒柜，终于在装着蚊香的盒子里找到一只打火机。

他之前看过一则新闻。一个男人在一家公司上班，工作勤勉，能力也很出众，受到了老板和同事的一致好评，眼看着就要升职加薪，但一个周末他带着念小学的儿子到公司加班的时候，没顾上看着儿子，贪玩的儿子用打火机点燃了墙角堆积起来的杨絮。小家伙显然没想到杨絮着火那么快，波及面那么广，他完全傻掉了，呆呆地看着杨絮一路从室外烧到室内，引燃库房。他爸爸不但被辞退,还承担了巨额的赔偿。

霍赞有样学样,打算"坑爹",让导弹旅也辞退爸爸。

霍赞紧紧地把打火机攥在手里。他从楼上走到楼下,一边走一边观察,又从自己所住的公寓楼走到家属院大门口,接着,又从大门口往里走,一直走到家属院的后墙那儿。他看到了一堆修剪树木后摞起来的干枯树枝,看到了满是塑料和纸箱子的垃圾桶,也看到了看起来极其易燃的自行车棚……他还看到一个与他擦肩而过的人似乎看了他一眼,便紧张起来,不敢在半道上有片刻停留,一溜烟又返回到爸爸的公寓。

他打开蚊香盒,慌里慌张地把打火机又放了进去。

霍赞坐在沙发上长长地舒了口气。

他庆幸自己逃过一劫,但很快,又因半途而废而心生不甘。

霍赞长久地枯坐在沙发上,从中午到下午,甚至晚饭都没有去吃。夜幕在令人烦躁的蝉鸣中缓缓落下。霍赞终于下定决心,他霍地从沙发上跳起来,急切地冲出门。他没有一丝迟缓,仿佛那迟缓是他天然的敌人,一旦降临,就得迫使他改变主意。

家属院的东侧围墙下有一大片向日葵地。

霍赞出楼门后往右一拐,毫不犹豫地直奔那片向日葵地。他毫不犹豫地冲了进去,就像一个无所畏惧的英雄跳进了敌群,而那一棵棵比他还高的向日葵,自然就是貌似强大,实际上却不堪一击的敌人。霍赞就像是把攒足了的愤怒都传递到了自己的双脚上,只见他一脚又一脚狠狠地踹在向日葵秆上,如同斩杀一个又一个不共戴天的仇敌。伴着咔咔咔的踢踏之声,一棵棵高大的向日葵就像中弹的敌人一样纷纷倒地。

"不对,不对,不是这样弄的。"

霍赞借着路灯的昏黄光亮看到有个大爷远远地朝他跑来。

虽然他事先已经想好了无数种应对的策略,但此刻,他仍忍不住瑟瑟发抖,脑子里一片空白,完全不知接下来该怎么办,就那样一动不动地呆呆站着,陪伴他的是几十棵已经平铺在地上的向日葵的"尸体"。他眼看着那个大爷快速扑到了他的面前。

"不是这样弄的。"大爷走进了向日葵地,"要连根挖起。"

霍赞看到,大爷手里攥着一把小镢头。他走进地里的同时,左手攥住一棵向日葵,右手抡起镢头,干净利索地朝根部砍了下去。这时候,他才回过头来说:"看到了吧?应该这样弄。"他说完话才意识到自己认错了人,"我还以为你是毛轩。"

霍赞和大爷大眼瞪小眼,他不知道毛轩是谁,也不知道这大爷是谁。

他紧张极了,急切地想从脑子里搜索出应对之策,却毫无结果。

"毛轩在这里。"

这时候,一个和霍赞年龄相仿的男孩奔跑着来到了向日葵地。

"你的小伙伴?"

大爷指着霍赞问那个叫毛轩的男孩。

"对,他是我的好朋友。"毛轩冲着霍赞笑了笑,就伸手从大爷手里要过了镢头,照着样子砍了几棵向日葵后,骄傲地问,"你看我的技术怎么样?不比你差吧?"

"你可真行啊,这才来几天,就有了新朋友。"大爷又说,"干活也可以。"

"谢谢夸奖。"

毛轩冲着大爷做了个鬼脸,转过身把镢头递给霍赞:"来,你也试试。"

霍赞接过镢头,照着大爷的样子砍向日葵,可砍得太朝上,没砍到向日葵的根部,贴着地皮砍断秆之后,扬起土来,弄到了大爷和毛轩的身上。大爷急了:"不对不对,不是这么弄的。"毛轩跟着哈哈笑:"没关系没关系,熟能生巧,多砍几次就好了。"霍赞定了定神,一手握紧向日葵秆,一手攥紧镢头,再砍下去就也干净利落了。

"对,就这样弄。"

大爷说。

"一回生,二回熟。没问题的。"

毛轩也说。

那片向日葵地足够大,他们三个人轮换着干了将近两个小时,才把向日葵全部放倒。在此期间,霍赞从大爷与毛轩的谈话里得知,大爷是家属院的职工,相当于城市小区里的物业员工,毛轩则和霍赞一样,也是暑假来探亲的家属。这些向日葵是大爷春天的时候种下的,但春季里雨天太多,光照不足,导致向日葵只开花不结果。大爷前几日决定砍掉向日葵补种蔬菜的时候,毛轩正好也在,便提议等大爷忙完白天的事情后,今晚帮着他一起砍向日葵。好巧不巧,霍赞作为不速之客也闯进了这片向日葵地。

"谢谢你们,真是两个好孩子。"

向日葵全部倒地时,月光也已经洒满大地,大爷由衷地感谢他们。

"你放心,我不会告诉别人你是去搞破坏的。"

分别之际,毛轩抵着霍赞的耳朵说完后就欢快地跑开了。

霍赞呆呆地站在月光里,目睹毛轩跑到隔壁单元门口,转过身朝他挥挥手后就钻进单元门。他刚才干活时出的一身汗已经全干了,这会儿,又陡然出了一身新汗。

霍赞仰头望月,月亮像银色的盘子一样,又圆又亮。

14

霍赞第二天没打算出门。他吃完早饭后就开始写暑假作业,写完当天的语文、数学和英语作业后,又看了会儿故事书,觉得没意思,就打开电视,频道变来变去,也没找到能吸引他的节目。他感到憋闷、烦躁,还是决定出去走走。可是下楼到院子里后,他又不知道该往哪里去。家属院太小了,他来的第一天就走了个遍,实在没什么可逛的。

霍赞远远看到大门口时,临时起意,决定走出大门去看看外面的世界。

"请等一下。"

霍赞刚要出门,却被执勤哨兵吓了一跳。

霍赞本能地立在了原地。哨兵问他是谁家的孩子,他如实回答;问他去哪里,他想了想,说就在附近转转;问他在傍晚六点晚饭的时间能不能回来,他点头说:"能。"

"好的,注意安全,准时回来。"

哨兵叮嘱道。

霍赞朝哨兵点了点头就出了门。霍赞站在家属院的大门口,一条用碎石铺成的简易马路横在他的面前,路这侧是家属院,另一侧是条河,从左手边方向朝着右手边方向缓缓流去。霍赞越过马路到河边站了一会儿,他最终决定到河流的上游去看看。

霍赞沿着河道一直拐到了一个村子里,又到了村子后面的一座古庙门口。水从古庙里流出来,他又进了古庙。古庙极为简陋,在门口立了两根石头桩,就权当是庙门。古庙也极为古老,铺在地面的石头上都刻着字,但由于风雨侵蚀变得模糊,一个都认不清楚。庙里只有一座茅草顶的小房子,里面供奉着一尊泥像。霍赞惊奇地发现,在这个荒无人迹的古庙里,泥像的两侧不但有正燃烧着的蜡烛,而且几炷香也袅袅地冒着青烟,显然刚刚有人来过。霍赞猛然回头,环顾一周,可是连一个人影子都没有看到。

霍赞继续溯流前行。他穿过古庙,从同样只立了两个石桩的后门出去后,眼前豁然出现一面植被茂盛的山坡。山坡算不上陡峭,却被高高的乔木、低矮的灌木以及不知名的花花草草裹缠。隐于其中的河道就像一条长龙,沿着山坡蜿蜒而去。霍赞抬头望,山并不高。他爬了很长时间,却久难登顶,立在面前的山坡似乎永远没有尽头。天色渐渐暗了下来,他打算中止寻找河水之源,立即往回返。这个时候,山林在夜幕的怂恿下似乎暗藏了无数双眼睛,正图谋不轨地盯着霍赞。霍赞有些紧张,加快了下山的步伐。他沿着河道走,但越走越觉得不对劲,左右不再是他上山时熟悉的景色,脚下的山路变成了陌生的道路。尤其是当他觉得应该到达古庙后门的时候,却连古庙的影子都看不到。他越发慌张,也越发觉得那藏在暗处的目光就像无数支利箭向他射来。

一片乌云隔在了霍赞和月亮之间,天地在一瞬间完全黑透。

霍赞什么都看不到,只听得到河道里流水发出的潺潺之声和自己匆忙赶路的脚步声。但很快,他分明又听到了不知名野兽的喘息之声,而且那声音越来越近,盖过了他的脚步声,也盖过了流水声。霍赞紧张极了,他不敢再动,屏息静待着危险的降临。乌云飘走,月光重新照进山林。霍赞放眼望去,山林之外还是山林,并没有什么不明野兽。他怀疑刚才只是幻觉,但已经背负着的恐惧一时半会儿摆脱不掉。

霍赞越走越急,却一直走在陌生的道路上。他确定自己迷路了。

霍赞疑惑:明明是沿着河道走,怎么会迷路?

霍赞的疑惑当然没有答案。他只能硬着头皮继续沿着河道走,不管走到哪里,总比留在山上强。这个时候,他的周围也热闹了起来。偶尔有飞鸟从一棵树飞到另一棵树,也有不知名的走兽视他为无物一般从他身边奔跑而过。霍赞每次都被惊吓得打个激灵,待发现并没有危险降临,只不过是虚惊一场后,他才继续急匆匆下山。

随着一阵急促的脚步声,几束光同时打在了霍赞的身上。

霍赞吓了一跳,转身想跑,却被一个熟悉的声音叫住:"霍赞,是你吗?"

"是我。"

霍赞听出是爸爸的声音,停下脚步,激动地跑了过去。

"我明明看着他朝这个方向来。"旁边一个人说,"进了山却真是难找。"

霍赞随爸爸以及帮着寻找他的几个叔叔回到导弹旅家属院的时候,已经过了夜里十二点。爸爸并没有责备霍赞,只是叮嘱他,干任何事情都首先要确保自身安全,不能动不动就把自己置于危险之中,这样的话,不管是对自己还是对亲近的人,都是不负责任的。霍赞委屈,他疑惑地对爸爸说,自己明明是沿着河道上山的,也不知道为什么,沿着河道再下山时竟然迷了路。爸爸给他解释说,山上的河道是一条,但是河水往下流的时候,由于地形因素,往往会分成两条、三条甚至更多条河道,往上走没问题,不管哪条支流都能到达主流,但是往下走的时候,因为天黑,就不一定能找准原来的支流,一不小心就会被分叉处的支流带往其他地方。霍赞听爸爸如此解释,瞬间恍然大悟。

"好了,你赶紧睡觉吧。"

爸爸安顿好霍赞就要出门。

"都这么晚了,你还去加班?"

霍赞心头的恐惧还没有消散,他想让爸爸留下来陪他。

"不是加班。"爸爸说,"还有个小朋友也走丢了,我去看看找到没。"

"也走丢了?"霍赞惊讶地问,"谁呀?"

"你毛叔叔的孩子。"爸爸说,"叫毛轩。"

"毛轩?"

霍赞惊讶地瞪大了眼睛。

"对,你们都不让人省心。你快点睡觉,找到毛轩我就回来。"

爸爸说完就急匆匆走了。

霍赞原本想等爸爸回来问结果的,可他太累了,不知不觉就进入了梦乡。

四、诡异黑影

15

霍赞一觉醒来已经快到中午了。

他睁开眼睛想到的第一件事就是：毛轩找到了没有？

"爸爸，爸爸！"

霍赞急于从爸爸那里知道答案，不等起床就大喊起来。都这个时候了，爸爸怎么可能在家里待着，肯定早就上班去了。霍赞不甘心，冲到爸爸房间，当然是失望。

应该找到了吧？霍赞想着，昨天那么晚，我在深山密林里都被找到了，毛轩又能去什么难找的地方？肯定早就找到了。他转念又想,毛轩那么聪明伶俐的人,怎么可能把自己弄丢呢?肯定是故意躲到了什么好玩的地方不回来。他这样想的时候,仿佛自己像毛轩那样搞了恶作剧,心底里得意起来,随即又疑惑起来:毛轩到底能去什么地方呢?他给自己生生造出个皱眉思考的由头来。

霍赞把爸爸打回来的早点热了热,当午饭吃了。随后,他开始了一天的学习:做作业、记单词、阅读……可整个学习过程中,他总静不下心,一会儿回想自己昨天的经历,一会儿琢磨到底找没找到毛轩,又顺其自然地联想起毛轩到底去了什么地方。

往上是主流,往下是支流……

他复盘起爸爸对他昨天迷路的分析。

霍赞没了一丁点继续学下去的耐心。他合上书本匆匆出了门,打算再到古庙里去,沿着河道再上一次山,看看河道到底在什么地方分叉,究竟有多少条支流。霍赞斗志昂扬地冲到家属院门口时却傻了眼:大门关上了,而且还有坐岗哨兵把守。

"叔叔,你就让我出去吧。"

霍赞看到一个和他年龄相仿的男孩正跟哨兵讨价还价。

"你多大?"

哨兵问。

"十二岁。"

男孩答。

"那可不行。"哨兵说,"我们刚刚接到通知,家属院十五岁以下的小孩出门,必须由大人带着。"男孩争辩:"我都十二了,不是小孩了。"哨兵笑着说:"十二岁跟十一岁比不是小孩,在我们眼里却都是。"男孩嘟囔道:"昨天也没有这样要求呀。"哨兵说:"正因为昨天没有这样的要求,所以有两个你这么大的小孩走丢了,为了你们的安全,才出的这个规定。"男孩惊讶地问:"有人走丢了?谁呀?是谁走丢了?"

霍赞羞红了脸,他知道今天是出不去了,正准备转身返回,却听到一个熟悉的声音:"我得更正一下,我昨天可不是走丢了,而是回来晚了。"

霍赞扭头一看,果真是他从昨天晚上就开始惦记着的毛轩。

哨兵笑说:"你就算晚,也晚得太离谱了,要是没在网吧的角落里找到你,就该打110报警了。"

毛轩羞红了脸,挠挠头说:"没你说得那么严重。"

霍赞见到毛轩,自然就知道他昨晚肯定是被找到了,再听刚才哨兵与毛轩的对话,也知晓了毛轩"走丢"的真相——原来他有意猫到网吧去了。霍赞顿时有一种块垒消散的轻松之感。

"毛轩走丢了,我们又没走丢,凭什么不让我们出去呀?"

刚才那个男孩据理力争。

"我刚才不是说过了嘛,我昨天才不是走丢呢,只不过是回来晚了。"毛轩又把自己对事件的定性强调了一遍,接着也笑嘻嘻地对哨兵说,"叔叔,你就让我们出去吧,我保证,昨天是昨天,今天是今天,我吸取教训,今天肯定早早回来,行不行?"

"不行,规定是用来执行的,不是用来违反的。"

哨兵不给大家任何通融的机会。

"可是……"

毛轩显然还有很多外出的理由。

"我到下岗时间了。"哨兵笑着对毛轩说,"你加油呀,看能不能说服下一个坐岗的叔叔。"哨兵也看见了孩子群里的霍赞,问他,"你不会今天又要去爬山吧?"

霍赞挠挠头,尴尬地冲着哨兵笑了笑。

这时来了个戴眼镜的哨兵,接替了刚才那个铁面无私的哨兵。

大院门口,孩子越聚越多,天也渐渐地黑了下来。

16

"霍赞,你昨天去了什么地方?"

毛轩突然冲着霍赞发问。

霍赞有些意外,但很快意识到,在家属院里的孩子们之间,没有什么是可以保密的。他昨晚知道了毛轩的"走丢",刚才又知道了毛轩被找到,并且是在外面的网吧里被找到。也许在他知晓这些事情的同时,毛轩也知道了昨天在他身上发生的所有事情。

"一座古庙,古庙后面是一座山。"

霍赞如实相告。

"快说说,那地方好不好玩?"

毛轩问他的同时,其他孩子也都好奇地向他围拢过来。

霍赞肯定得说点什么了。他就一五一十放纪录片一样给大家讲了他昨天的经历:如何循着河道到了村子,又进了简陋的古庙,再从古庙后门爬上了山。他原本是沿着河道上山的,可随着黑夜降临,他再沿着河道下山时竟迷了路。毛轩和昨晚的他一样疑惑:既然是沿着河道下山的,为什么会迷路呢?霍赞从其他小朋友求知欲满满的眼神里看得出来,大家也都急切地想知道到底是怎么回事。于是,他极有成就感地、慢慢地、连说带比画地讲解了什么是主流,什么是支流,以及为什么往上不会迷路,往下却会迷路。

"哦,原来是这样呀!"

小朋友们和毛轩一样恍然大悟,兴奋的眼睛里蓄积着获得知识后的喜悦。

"走,咱们去山上,看一看主流和支流。"

毛轩刚提议完,就想起他们现在面对的关键问题是出不了门。

"叔叔,就放我们出去吧,我们一定速去速回。"

毛轩请求新来的戴眼镜的哨兵通融,其他小朋友也都跟着给他帮腔。

"这天都黑下来了,你们竟然还敢去爬那座山。"

眼镜哨兵惊讶地看了一眼毛轩,又凝着同样的表情扫视了一圈其他小朋友。

"不就是一座山吗？有什么不敢的？"

毛轩疑惑地望着眼镜哨兵。

霍赞也疑惑得很。眼镜哨兵跟刚才那个哨兵完全不一样，他不提什么不让小朋友出门的规定，也不强调令行禁止的纪律，倒是抛出来一个吊人胃口的巨大悬疑。

"不能说不能说。"眼镜哨兵惊慌地解释，"怕你们晚上做噩梦。"

"我不怕。"

"快说呀，我也不怕。"

……

小朋友们的兴致全被他吊起来了。

"你们真没听说过食人怪的事？"

眼镜哨兵脸上的表情变得瘆人。

"食人怪？什么食人怪？"

霍赞的心被眼镜哨兵揪到了嗓子眼。

"嘘——我小声点讲，可别被食人怪给听到了。"

眼镜哨兵招了招手,小朋友们就都静悄悄地聚拢到了他的身边。

17

"那座山叫百兽山——"

眼镜哨兵惊悚地望着远处隐于黑夜里的山,开始讲述食人怪的故事。

"百兽山之所以叫百兽山,是因为那上面隐藏着不计其数凶狠残暴的巨型猛兽,其中有能够直立行走的狮子、善于飞檐走壁的豺狼、长着翅膀的老虎、伪装成树桩的狗熊、用叫声就能杀死敌人的狼、比钢筋还坚硬的能弹射进对手身体里的青龙……"

"不可能。"毛轩轻声质疑,"狮子不可能直立行走,豺狼不可能……"

"嘘——小点声。"不等毛轩说完,眼镜哨兵就打断了他,随之,继续讲起来,"这个你们就不知道了,那座百兽山上的野兽和别处的可是完全不一样的,它们虽然不是人,但是和人一样聪明,有的聪明程度甚至远远超过了人。它们每一种都有擅长的技能,互为老师。它们还向其他动物学习本领。比如老鹰飞得高,它们就让老鹰当一个月老师,在这一个月里,它们什么都不干,全都一心一意跟着老鹰学习飞行。你们想想,老鹰可是飞行的高手,它们能够轻而易举地从这个山头飞到那个山头,也能够在飞着的同时俯下身来抓住地上的山羊或者野狼,又平平稳稳地飞到高处,比导弹都有准头,比战斗机都平稳,让它当飞行老师,那是再合适不过了。我刚才不是说了吗?这百兽山上的野兽都聪明得很,加上有老鹰这样优秀的专业老师,用不了几天,它们就都能飞起来。但是它们不只要飞起来,还要飞好,飞得跟老鹰不相上下,所以就得用一个月时间反复练习。你想想,到那个时候,整个百兽山上哪头野兽不会飞?等学会了飞翔,它们又会选出猴子当老师,再用一个月时间学习爬树,一个月后,个个都能在山林里轻而易举地晃来荡去。爬树的技能掌握后,它们又选出狗熊当老师,练习一个月的力量……"

"这个百兽山咋就跟学校一样?"

毛轩忍不住问。

"就是学校。"眼镜哨兵说,"它们不但好好学习,而且还天天向上。所以呀,到后来,不但每一种野兽都掌握了其他兽类的所有技能,而且就连山上那些原本不起眼的小动物,像甲虫、知了、蚂蚁、麻雀什么的,也都跟着学了一身本事,也因此,它们不甘心再做小角色了,而是要求脱离以前的身份定位,向野兽看齐。所以呀,百兽山上没有等闲之辈,个个都是十八般武艺样样精通的高手,随便拎出一个放到其他山上去,都毫无疑问能够称王称霸。它们那座山,没谁有胆量敢轻易上去。"

"霍赞昨晚不是上去了吗?"

毛轩反驳说。

霍赞忍不住打了个激灵。他突然就像重新置身于昨晚的山林之中,听到远处传来断断续续的野兽行走的声音、撞树的声音,他感觉到它们预谋好似的朝他围拢而来。

"霍赞没有遇到食人怪是万幸。"

眼镜哨兵心有余悸地说。

"食人怪?到底什么是食人怪?"

有个小孩忍不住问。

"没人知道食人怪到底是什么,我们只知道它恶名远扬,却从来没有谁能够弄清它的历史,就连它自己都不知道自己从何而来。其他野兽不管学习了多少种技能,也不管练得多么厉害,终究是万变不离其宗:老虎练成了更厉害的老虎,狮子练成了更厉害的狮子,豺狼练成了更厉害的豺狼……总之,它们还是它们,而不会成为其他什么新的物种。但这食人怪可不一样,它练得走火入魔,失去了心智和记忆,不但忘记了自己是谁,而且幻想受到过人类的迫害,因此把人类当作敌人,经常在夜晚以人为食。"

"你是说,它真的吃人?"

有个小孩惊恐地问。

"不但吃人,而且连骨头都不吐。"

眼镜哨兵惊恐地望向四周,仿佛他刚才讲的食人怪随时都会出现。

霍赞在心底对自己说这些都是眼镜哨兵瞎编的,但身体不由得抖动起来。

"哇呜呜——哇呜呜——"

就在这时,从家属院外的黑暗处传来一阵奇怪的叫声。

"食人怪来了!"

有个小孩惊恐地大叫。

所有孩子顿时紧张起来,争先恐后地往人群里挤。

18

"大家不用怕。"眼镜哨兵说,"熄灯号响起前,食人怪进不了院子。"

"为什么?拉了电网吗,还是说有狙击手能够射杀食人怪?"

毛轩忙不迭地问。

"都不是。"眼镜哨兵说,"那些根本制服不了食人怪。"

"夜里十点钟之前是我们导弹旅的训练时间,训练能产生特殊的磁场,就像扎了一圈隐形的篱笆,食人怪就算来了也闯不进来。可是只要到了十点钟之后,这个磁场就没了,再没有什么能挡住食人怪,它们就能够轻而易举地闯进来,为所欲为,抓住谁吃谁,想怎么吃就怎么吃。"眼镜哨兵说,"这个时候大家都必须待在室内,才能躲避食人怪。"

"那食人怪砸烂了窗户怎么办?"

一个五六岁的孩子问。

"放心吧,食人怪虽然残忍,却很文明,从来不砸窗户。"

眼镜哨兵回答。

就在这时,熄灯号响了起来。

霍赞第一次觉得熄灯号的声音如此惊悚,令人不寒而栗。

"熄灯号响了。"眼镜哨兵大喊着,"大家赶快回家,要不然就要被食人怪抓住了。"

"快跑!"

有的小孩大喊着。

"食人怪在哪里?"

也有小孩惊恐地四处环顾。

更多的小孩顾不上问,也顾不上喊,早已经向公寓楼的方向狂奔而去。毛轩刚开始的时候似乎还在犹豫,但当看见大家都一阵风似的消失在夜色中时,他也甩开臂膀向前冲去。霍赞没有随着人群跑,他知道另一侧有条小路,只需穿过一片草地就能到达之前是向日葵地,现在已经补种了蔬菜的西墙环路,再拐个弯,就可到达他家的单元门。

霍赞踩着熄灯号结束的尾音穿过了绿化草地。

他踏上西墙环路,刚喘了口气,突然就看见有一个黑色的影子从西墙根匆匆而过。霍赞害怕极了,他想赶紧拐弯回家,可与此同时,好奇心又促使他停下来去看看到底是怎么回事。霍赞揉了揉模糊了的眼睛,快步向黑影走去。开始的时候,那个黑影移动得并不快,可是当他快步靠近时,黑影似乎发现了他,也加快了速度。

"谁在那里?"

霍赞壮着胆子朝黑影大喊。

黑影闻声顿了一下,随即站直身子。路灯已经关掉,霍赞虽然什么都看不清,但他分明感觉到,那个默不作声的黑影正朝他扑来。霍赞害怕极了,他片刻也不敢停留,转身就向自家单元门疯狂奔跑。霍赞回家后灯都不敢开,他怕黑影循着亮光寻来。

夜越来越深,霍赞独自枯坐在沙发上,就连呼吸都小心翼翼。

他害怕极了,急切盼望爸爸赶快回来。

五、食人怪出没

19

"爸爸,你回来没有?爸爸——"

霍赞一起床就着急忙慌地呼喊爸爸。

他没有等到爸爸的回应,就急切地跳下床,到爸爸的屋里找,理所当然没见人影。霍赞顿时慌张起来,他迟疑了片刻,又扭头去厨房,终于在蒸笼里看到爸爸从食堂给他打来的早饭,这才长长地舒了口气。霍赞从昨天晚上起,就急于向爸爸诉说在西墙根见到的奇怪的影子,可没等到爸爸回来就睡着了。今天起床后,他原本还是打算跟爸爸说这事,但又想到爸爸每晚回家都在食人怪出没的时段,不免惊慌失措起来。

"既然打了早饭,就说明爸爸肯定好好的。"

霍赞终于把悬着的心装回到肚子里。

他匆匆吃完早饭后,压根没心思写作业,也看不进去电视,犹豫再三,还是出门下了楼。他驻足朝向日葵地的方向眺望了一会儿,终于鼓起勇气,走了过去。他敏捷得很,毫不费力就越过了向日葵地和马路之间的壕沟,然后朝着墙根走去,在昨天黑影出现的地方站定,模仿黑影的停顿、转身以及移动,又蹲下身子试图发现蛛丝马迹。

"干吗呢?"

一个声音猝然穿过向日葵地撞进霍赞的耳朵。霍赞被惊得打了个哆嗦,差点摔个屁股蹲儿,所幸他双手点地给撑住了。霍赞扭头去看,来者不是别人,正是调皮鬼毛轩。

"难不成你在祭奠被你砍倒的向日葵们?"

毛轩嬉笑着调侃霍赞。

霍赞环顾四周,见没有其他人,便一本正经地对毛轩说:"我见到食人怪了。"

"啥?"毛轩咧着嘴走近霍赞,"食人怪都是兵叔叔骗人的,你也信?"

"可是,我真见着了。"霍赞一脸严肃地向毛轩比画,"就在这里,昨天晚上,我们一起从大门口往回跑,我从绿化草地那边跑到这里,就看到了那个黑影。"

"你确定是食人怪?它看见你没?咋没吃你?"

毛轩竹筒倒豆子一样向霍赞发问。

"我喊了它,它要追我,我就跑了。"

霍赞现在说来仍心有余悸。

毛轩这时候已经从全不相信变为半信半疑。他问霍赞食人怪长啥样,霍赞告诉他说,路灯都灭了,光线太暗,借着月光只能看到食人怪的体形和人差不多,至于长相嘛,却是完全看不清楚。霍赞紧接着又说:"它转过身来肯定是要吃我,却又没有追我。"

"难不成真像兵叔叔说的那样?"

毛轩疑惑。

"哪样?"

霍赞追问。

"食人怪很文明,从来不破坏门窗,所以没有追你。"

毛轩颇费思量地看着霍赞。

霍赞点点头:"嗯,应该是这样。"

"再强大的神仙都有弱点,更不要说妖怪了。"毛轩为自己独到的发现和总结而得意,"既然有弱点,就是给了我们机会。"他笃定地望着霍赞问,"你敢不敢今天晚上跟我一起会会食人怪?"霍赞皱眉望着毛轩,一时没有答复。毛轩宽慰他说:"你根本就不用害怕,我们埋伏在楼门后监视食人怪,一旦被发现,我们就迅速撤到楼里面。"他又补充解释说,"你知道的,食人怪肯定不会破门而入,我们是百分之白地安全。"

"好吧,今晚我就跟你一起会会那个食人怪。"

霍赞语气坚定地答应了毛轩。

20

天刚擦黑,霍赞和毛轩就按照约定在楼下集结完毕。

毛轩有备而来,不但带了望远镜、手电筒,而且还有一根卷起来的绳子和一只叠起来的麻袋。霍赞呢,两个肩膀扛个脑袋,妥妥一个光杆儿司令。毛轩疑惑地把霍赞从头看到脚:"你这是纯看热闹来了?"霍赞倒皱眉盘问起毛轩这一样样工具的用处。毛轩逐一解释说,有了望远镜就能看得见,有了手电筒就能看得清,至于绳子和麻袋嘛,则是有备无患——如果瞅准了机会,说不定二人有机会生擒食人怪,再绑起来装进麻袋。

"生擒食人怪?"

霍赞显然被毛轩的计划给惊着了。

"看情况。"毛轩说,"咱俩相机而动。"

霍赞摇头:"咱俩生生被你武装成了预谋绑架犯。"

夜色渐浓,他俩早早选定了距离向日葵地最近的楼栋单元门作为藏身地。开始时,俩人都只露出半个脑袋,死死地盯着西墙根的向日葵地。与向日葵地一沟之隔的马路也在他们的视线之内。他们看到,马路上,大人们三三两两地从外面归来,紧接着,正玩耍的小朋友们陆续被叫回了家。马路上很快恢复了宁静,向日葵地里也不见有动静,俩人盯得眼睛生疼,实在支撑不住,霍赞就建议轮流值班,半小时一换。毛轩巴不得休息一会儿,点头如捣蒜般赶紧答应。一人半小时虽然比刚才轻松许多,但同样枯燥无趣,没多久,俩人就像互相传染了一样哈欠连天。毛轩的斗志在浓浓夜色里变得低落:"食人怪会不会不来了?"他征求霍赞的意见,"说不定你昨天把它吓跑了。"霍赞没法给出确定的答案,他们在此处蹲守也只是蹲守一种理论上存在的可能性,食人怪有一万种可能今天晚上不在此处出现,他们也有一万种可能一无所获。就在这个时候,嘹亮的熄灯号响起,俩人警觉起来,齐刷刷站到单元楼栋门口,又齐刷刷伸出半个脑袋往外看。随着熄灯号结束,他们看到院子里的灯都灭了,所见之处黑漆漆一片。

"应该会来的。"

霍赞转头对毛轩说。

"可是——"毛轩举着望远镜,"我什么都看不到。"

"咱们要不要躲在壕沟里等?"

霍赞问毛轩。

毛轩盯着夜色里的壕沟方向沉默了片刻说:"别过去,危险。"

"过去看得清楚。"

霍赞强调。

"安全第一。"

毛轩坚持。

俩人继续在楼栋里守着。霍赞全神贯注地盯着昨天看到黑影的位置,期望今天也有令人惊喜的收获。毛轩一会儿把望远镜架在眼睛上,一会儿又取下望远镜,用肉眼在黑夜里寻找他的假想敌。显而易见,他们都一无所获,很快又都接二连三地打起哈欠。

毛轩退回到楼道的台阶处。他累极了,一坐下去就打起瞌睡。

霍赞望眼欲穿地盯着茫茫黑夜里的向日葵地。

"来了!"

已经过了凌晨,霍赞突然用低沉的声音朝毛轩喊。

毛轩从睡梦里醒来时显然是蒙的,随口问:"谁来了?"

"食人怪。"霍赞低声说,"快来看。"

毛轩瞬间清醒过来,他迅速冲到楼栋门口,朝着向日葵地望去。霍赞指给他看:"看,挨着墙根,正往前移动呢。"毛轩借着暗淡的月光果然看到,在向日葵地的最里面,一个黑影正缓缓地朝前方移动。霍赞问:"你的绳子呢?麻袋呢?咱们要不要现在过去把食人怪抓住?"毛轩摇拨浪鼓一样摇着头:"不行不行,咱们势单力薄,肯定不是食人怪的对手。"他很快有了主意,"要不然咱们告诉哨兵叔叔,让他们来抓。"

"对,哨兵叔叔有枪,他们肯定不怕食人怪。"

霍赞表示赞同。

俩人悄悄走出楼栋门,贴着墙,轻轻朝向日葵地的反方向而去。他们怕被食人怪发现,走得很慢很慢。直到看不见向日葵地了,俩人才撒开脚丫子朝大门口狂奔起来。远远能看见哨兵时,毛轩就迫不及待地大喊:"叔叔,快,跟我们一起去抓食人怪!"

21

"不着急,不着急,你们说抓什么?"

两个坐岗的哨兵起身迎了过来。霍赞惊喜地看到,两个哨兵里有一个年纪稍长,另一个年轻的,正是之前给他们讲食人怪的眼镜哨兵。他见年长哨兵问,赶紧解释:"我们撞见了食人怪。"又忙不迭地说,"这会儿还在呢,你们赶紧把它抓起来。"

"什么食人怪?"

年长哨兵拧着眉头问。

毛轩急了:"你不知道吗？就是吃人的怪兽呀。"他急切地指着眼镜哨兵，恨铁不成钢地对年长哨兵说，"你问这个叔叔，他什么都知道，你赶紧让他给你讲。"

霍赞更急:"我们赶紧行动呀，要不然食人怪就逃跑了。"

年长哨兵却没有丝毫要跟他们一起行动的意思，倒是盯着眼镜哨兵问:"啥食人怪？你又给孩子们胡诌你自创的聊斋了？"

端端正正立着的眼镜哨兵挠了挠头:"他们非要出去，挡不住，我就编了个食人怪。"他又低头对霍赞和毛轩说，"实话跟你们说吧，那个百兽山，还有百兽山上那些无所不能的野兽，都是我瞎编吓你们的。"

"食人怪也是吗？"

毛轩追着问。

眼镜哨兵点头:"是的，这世上从来就没有什么食人怪。"

"可是——"霍赞据理力争，"我明明看见食人怪了呀。"

毛轩声援:"没错,我也看见了,这会儿就在向日葵地里呢。"

年长哨兵和眼镜哨兵都好奇,就追着问是怎么回事。霍赞就如实说了,他昨天晚上如何偶遇食人怪,惊动食人怪后,食人怪又如何转过身来差点追他。毛轩也补充说,就在刚刚,他和霍赞都看到食人怪出现在向日葵地里,并且沿着西墙根朝院里移动。

"进贼了。"

年长哨兵盯着眼镜哨兵说。

眼镜哨兵点头:"也有可能是间谍。"

"快走,去看看。"

俩人异口同声。

霍赞和毛轩在前面带路,年长哨兵和眼镜哨兵在后面紧紧跟着。他们摸黑到达向日葵地,几人仔细地从向日葵地找到壕沟,又从壕沟找到马路上,却一无所获。眼镜哨兵又打开随身带的矿灯,长长的向日葵地里除了不久前补栽的蔬菜之外，什么都没有。

"又让食人怪给逃跑了。"

霍赞遗憾地说。

"不是跟你说了吗？没有食人怪，不可能是食人怪。"

眼镜哨兵向霍赞强调。

"你刚才说连着两个晚上都看见了？"

年长哨兵也问霍赞。

"对，连着两个晚上，昨晚、今晚都出现了。"

霍赞回答。

"很好。"年长哨兵对眼镜哨兵说，"咱们明晚就来个守株待兔。"

"班长，你说是间谍还是小偷？"

眼镜哨兵好奇地问年长哨兵。

年长哨兵摇摇头："不好说。"又补充道，"也有可能是食人怪。"

眼镜哨兵羞红了脸："班长，我都说了，逗他们玩呢。"

"间谍是什么？"

霍赞忍不住问。

"间谍嘛——明天晚上你就知道了。"

年长哨兵说完,就带着眼镜哨兵返回他们的哨位去了。

22

第二天下午,霍赞和毛轩早早地来到大门口和年长哨兵会合。

毛轩在半道上问霍赞:"你知不知道什么是间谍?"霍赞这才想起,昨天晚上听眼镜哨兵提起这个词后,他记在了心里,打算回去查字典,或者在电脑搜索引擎上找答案,可是被其他事一搅扰,竟然忘记了,直到这会儿毛轩问,才又记起来。霍赞清楚得很,毛轩这会儿问他的目的不在于找他要答案,而是炫耀自己知晓答案。霍赞顺水推舟说:"我还真不知道。你知道不?"毛轩得意地点点头说:"这么简单的问题,我当然知道。"霍赞催他:"别卖关子,快说说,是个啥意思?"毛轩神秘地说:"间谍就是敌人安插在我们内部的奸细,假装成我们的人,专门给敌人刺探我们的情报。"

"兵叔叔昨天是不是说食人怪有可能是间谍?"

霍赞盯着毛轩问。

毛轩点头:"没错,他是这么说的。"

"那你说——"霍赞问毛轩,"到底是食人怪还是间谍?"

"可能——"毛轩想了想,却只是说,"谁知道呢?"

"食人怪也有可能是间谍。"

霍赞猜测。

"间谍也有可能是食人怪。"

毛轩也说道。

霍赞拉着毛轩接着赶路:"快点走,不管谁是谁,我们今晚一定要抓住。"

年长哨兵显然对今晚的行动极为重视,参与人员除了他和眼镜哨兵以及霍赞和毛轩外,还增加了三个战士。

黑夜还没有降临,年长哨兵就给大家布置了任务。他对霍赞和毛轩说:"你们两个负责带路,到了地方后你们的任务就完成了,听命令埋伏起来,不能暴露行踪。"霍赞和毛轩郑重地点了点头。年长哨兵又对眼镜哨兵说:"你匍匐在向日葵地南边,防止敌人逃跑。"眼镜哨兵点头。他最后又面向新增加的三个战士:"你们三个在向日葵地北边待命,一旦敌人出现,立即执行捕俘任务。"新增加的三个战士同样点头。年长哨兵布置完任务后,夜幕不疾不徐地遮蔽了天和地。

他们一直等到了熄灯号响起,又等到院子里的灯全部熄灭。

霍赞和毛轩蹲守在楼栋单元门里面。按照计划,他们的任务其实已经完成了,完全可以立即撤走。可这个时候,他俩怎么可能舍得走呢?心里都急切得很呢!既想弄清楚那个黑影到底是眼镜哨兵说的食人怪,还是间谍或者小偷,又想参与行动之中。

"他们是不是走了?"

毛轩盯着夜色里的向日葵地问霍赞。

霍赞心里也是这么想的,自从几个兵叔叔按照年长哨兵的指令分散开后,他就再也没有看到他们中的任何一个。也是怪呢,他明明知道眼镜哨兵埋伏在向日葵地南边,年长哨兵埋伏在壕沟里,其他三个兵叔叔埋伏在向日葵地北边,可是瞪大了眼睛望去,他看得见月光洒满大地,看得见向日葵地边上的月季花,也看得见补种的菜,就是看不见兵叔叔们,连一个都看不到。但他还是回应毛轩:"他们肯定不会走的。"

"那你给我指指,他们在哪里?"

毛轩问。

霍赞当然也看不见,却不说看不见,而是说:"这个时候可不能指,说不定食人怪在暗处看着呢,我给你指了,也就是给食人怪指了,那不就把目标全给暴露了?"

毛轩说:"我打赌你也没看见。"

霍赞瞪大了眼睛,想通过发现埋伏起来的兵叔叔来反驳毛轩。

起风了,风又走了。月光被云彩遮住,过了一会儿,又见银光洒满大地。

"你看你看,那不是嘛!"

霍赞终于在向日葵地里发现了人影。

毛轩几乎同时也看到了,他一把捂住霍赞的嘴:"嘘——食人怪。"

霍赞惊出一身冷汗,他这才意识到,自己差点给食人怪通风报信。俩人正为食人怪的突然出现心惊和着急呢,却既惊讶又欣喜地看到,刚才怎么也看不见的几个兵叔叔,这会儿却像突然从地里长出来似的,他们在食人怪出现的瞬间,从不同位置迅速起身,并且如闪电一般扑了上去。眼镜哨兵把矿灯打向食人怪问:"干什么的?"

霍赞和毛轩很想知道食人怪长什么样,却又都不敢立马靠上去。

他们远远看见食人怪迎着矿灯的照射抬起了头。

食人怪背对着他俩,他们并不能看到食人怪的样子。

他们不但没有等到看食人怪的模样,而且目睹了不可思议的一幕。食人怪在矿灯的灯光里抬起头时,年长哨兵的威严不见了,眼镜哨兵的得意不见了,其他三个哨兵也迅即松了手。他们不但像受到惊吓的小孩一样低头站在食人怪面前,而且很快又齐刷刷地给食人怪敬了个军礼。随即,他们快速离开向日葵地,就像做了见不得人的亏心事一样。

"他们……他们为什么放了食人怪?"

毛轩惊讶地问霍赞。

"那不是食人怪。"霍赞说,"跟我们一样是人。会不会是间谍?"

"他们为什么放掉间谍?"毛轩紧张起来,"难道……"

"难道他们是一伙的?"

霍赞补充道。

"要是这样的话,那他们都是坏人?"

霍赞和毛轩被这意料之外的推断惊出一身冷汗。

23

第二天一大早,霍赞和毛轩就去侦察家属院的哨位。

他们这段时间已经掌握了规律。家属院和导弹旅的营区不同,不但岗亭设在院门里面,而且值哨不用站着,坐着就可以,他们称其为坐岗。在早上六点钟的起床号和晚上十点钟的熄灯号之间,哨兵只有一人,但在熄灯号和起床号之间,哨兵却增加到两人。他们也观察到,参加家属院值哨的哨兵也就七八个人,大概也就一个班的兵力。

"难不成他们真的跟间谍是一伙的?"

毛轩蹲在距离哨位百米开外的壕沟里问。

"不一定全都是。"同样蹲在壕沟里的霍赞说,"但至少昨晚那几个是。"

"要不然我把这个情报告诉我爸爸,揭穿他们的真面目。"

毛轩说。

"千万别,那样就打草惊蛇了。"霍赞想了想说,"咱们一面得盯着他们,另一面得抓住那个间谍,只要稍稍一审问,他们到底是不是间谍不就都水落石出了吗?"

"这个主意好。"毛轩站起身来,"咱们今晚就去抓间谍。"

"蹲下,小心暴露。"

霍赞赶紧拉着刚站起来的毛轩又蹲了下去。

他们结束对哨位的侦察,又积极准备晚上的抓间谍行动。

毛轩又早早备好了他上次没派上用场的绳子和麻袋。他们天不见黑就在楼栋里守着了。等待的时间真是难熬,他们眼看着白天变为黑夜,又看着满院子的路灯在同一个时间点集体变亮。随着路灯在熄灯号之后熄灭,皎洁月光的明亮更加突显出来。

这个时候,他俩已经转移阵地,从楼栋内前推到了向日葵地边上的壕沟里。

霍赞疑心毛轩睡着了,用指头轻轻戳了戳毛轩的背。毛轩猛然转过身来问:"来了吗?在哪里?"作势就要起身。霍赞赶紧拉住他:"嘘——没来呢,安静。"毛轩回过神,赶紧蹲了下去。毛轩没蹲好,又挪动着调整姿势,霍赞以为他又要站起来,手不敢松地拽着他。就在这时,却是清醒过来的毛轩最先发现动静:"来了,他来了。"

霍赞微微抬头,看见一个影子贴着围墙从南边缓缓朝北边走来。

霍赞轻声问毛轩:"你的绳子呢?"毛轩说:"在我手里。"霍赞又问:"你的麻袋呢?"毛轩答:"也在呢。"毛轩看着影子慢慢朝他们靠近,想着霍赞已经掌握了他的装备的准备情况,该下达抓捕的命令了。可是,他看着影子靠近,又看着影子在他们眼皮子底下走远,却并没有等到霍赞下达抓捕的命令。毛轩正疑惑呢,霍赞又问:"绳子和麻袋都在?"毛轩回应:"都在,一样不少。"他们一起目睹着影子越走越远。"跟上去。"霍赞终于下达了指令。毛轩正要起身去追影子,霍赞却拉住了他:"先不着急行动，我们看看他去哪里。"毛轩没想到等来的却是这样的命令。

他们从壕沟里跟着影子走，霍赞推着毛轩，毛轩拉着霍赞。他们看到影子走到第三排公寓楼的位置后，走出向日葵地，跳过壕沟，然后向楼栋单元门的方向走去。

"间谍是不是又去刺探我们导弹旅的情报？"

毛轩转身问霍赞。

"这里是间谍藏身的老窝。"

霍赞语气坚定地说。

"你怎么知道？"

毛轩不解地看着霍赞。

"这么晚了，"霍赞把握十足地说，"他肯定是回来睡觉。"

"要不要现在行动？"

毛轩问。

"嗯——"霍赞呷呷嘴说，"今天条件不成熟，要不然先撤？"

"好。"毛轩转身就走,"那我先撤了。"

毛轩急匆匆的,就像是早就做好了打退堂鼓的准备。

五、食人怪出没

六、落荒而逃

24

霍赞整晚都辗转难眠。他脑子里一遍遍放电影一样回忆着发生过的事情：他第一次看到黑影；哨兵叔叔抓住间谍不但放了，还给间谍敬礼；他和毛轩眼看着间谍进了公寓楼的单元门……一帧帧画面就像一个个谜团，他实在想不明白——明明是食人怪，怎么就变成了间谍？哨兵叔叔专门去抓间谍，怎么又放了间谍？他们是什么关系？既然那个影子是间谍，那为什么会住在导弹旅家属院的公寓楼里，又为什么每天熄灯号之后都鬼鬼祟祟地出现在向日葵地？他的目的是什么？他背后潜藏的大鱼又会是谁？

"咱们必须弄个水落石出。"

霍赞第二天把自己的困惑说给毛轩后，坚定地把破解谜团当作自己义不容辞的责任。毛轩看起来面有难色，但在霍赞的动员下，同意继续协助霍赞抓捕影子间谍。

霍赞已经严密推敲了抓捕影子间谍的计划。霍赞说不打无准备之仗，不但让毛轩带上他的"四件套"——望远镜、手电筒、绳子、麻袋，而且额外要求毛轩晚上行动的时候穿上他爸爸的迷彩服。"这样的话我们就能以假乱真，让那个间谍误以为我们是哨兵叔叔们，再不敢做无用的反抗。"他说这话时的神态就像一个高瞻远瞩的谋士，更像一个运筹帷幄的将军。毛轩说他爸爸的迷彩服太大，他穿着太宽松，问霍赞能不能只穿体能短袖和短裤。他又补充说，效果也不差，保准也能以假乱真。霍赞想了想，坚定地说："细节决定成败，还是穿迷彩服为好。"又说,"要是太大,就把腰带勒紧点。"

毛轩点点头,对霍赞说:"这倒是个好办法。"

晚上天刚黑下来,霍赞就在约定好的楼栋单元门里面等毛轩。他在脑子里又把抓捕计划推演了一遍,不见毛轩来,接着又把抓到间谍后怎么询问也想了一遍,仍不见毛轩来。霍赞沮丧地想着,毛轩会不会退缩了?但很快,他就用对毛轩的信任否定了自己的臆断。可他又实在想不明白,毛轩究竟能为了什么大事而耽误了抓影子间谍?

熄灯号响过之后,毛轩才终于姗姗来迟。

"你干什么去了?"霍赞焦急地询问,"怎么现在才来?"

"今晚有足球赛。"毛轩挠挠头,"反正那个影子很晚才出现,还不如先看球赛。"

霍赞这才想起晚上有球赛,他是个铁杆球迷,如果不是晚上这档子事,他肯定要守在电视机前把球赛从头看到尾。霍赞赛前看好主队能赢,此刻比赛已经结束,他迫切地想知道结果。"那个……"他盯着毛轩说。毛轩回应道:"什么?"霍赞却拐了个弯说:"东西带齐了没有?"毛轩一样样从一个帆布包里掏出来向他展示:"这是望远镜,这是手电筒,这是绳子和麻袋,一样不差。""衣服也合身,看不出大多少。"他替毛轩拉了拉翘起来的迷彩服衣角。毛轩说:"今天晚上的球赛可真够精彩的,光上半场就进了三个球。""赶紧就位。"霍赞提起帆布包催促毛轩说,"咱们埋伏到壕沟里。"

毛轩紧跟着霍赞,二人先后跃进了马路与向日葵地之间的壕沟。

稠密的乌云不时挡住月光,地面上显得斑驳陆离。

霍赞死死地盯着向日葵地的南边,影子每次都是最先从那边出现。

"怎么还不来?"

毛轩打起了哈欠。

向日葵地突然传来一阵响动,霍赞揪紧了的神经就像是被弹了一下,他定睛寻找,却没有看到那个熟悉的影子,正疑惑间,一只慵懒的大猫悠悠地从菜苗之间信步而过。

毛轩原本靠着霍赞的身体睡着了,霍赞一动,他惊醒过来,仰望群星问:"几点了?"

霍赞猜测:"过了十二点吧。"

"估计他不来了。"

毛轩说。

"为什么不来?"

霍赞不可思议地问。

"或者他今天有事不来,也或者咱们昨天打草惊蛇了。"

毛轩分析。

"不可能吧?"

霍赞显然不愿意接受这样的事实。

"可不可能谁也说不准。这样吧,咱们不管他来不来,"毛轩说,"从现在开始,我数一千个数,影子要是出现,咱们二话不说扑上去把他抓住,要是没出现,咱们也二话不说就回去睡……睡觉。"毛轩还没说完话,就忍不住打了个长长的哈欠。

霍赞犹豫了,他这会儿也没有了主意。

"一、二、三……"

毛轩自顾自地数了起来。

霍赞抱着希望,瞪圆了眼睛盯着向日葵地。他多么希望那个熟悉的影子立马出现,也多么希望毛轩数得慢些。可是当毛轩数完一千个数后,霍赞连影子的影子都没看到。

"走吧,回去睡觉。"

毛轩不由分说跨出了壕沟。

霍赞虽不甘心,却也只能草草地结束了此次行动。

25

霍赞百思不得其解:影子昨晚为何就不出现了呢?

他琢磨着,难道真像毛轩说的那样,是打草惊蛇了?

也不对呀,就算打草惊蛇,也是几个哨兵叔叔打草惊蛇,但他们显然是一伙的,自己人怎么可能吓得自己人不敢出来呢?或许是他完成任务已经逃跑了?也可能去了其他地方执行新的间谍任务?

霍赞绝不希望这样,他还想亲手抓住影子间谍呢。

"可是,到底是怎么一回事呢?"

霍赞陷入了理不出头绪的杂乱谜团之中。

霍赞写作业呢,写到一半却写不下去了,脑子里全是影子间谍。他扔下作业看电视,眼睛盯着屏幕,脑子里仍旧全是影子的画面。他心烦意乱,困守在屋子里根本就静不下心来干任何事情。他推开窗,望向西墙边的向日葵地,突然就萌生出一个好主意。

霍赞迫不及待地冲向向日葵地。

前几天砍掉向日葵后,大爷松了一遍土后才补种菜苗。菜苗如果离墙太近,就照不到阳光,也就开不了花结不了籽,所以大爷在菜地和西墙之间留出了一片空白地带。霍赞看到,因为影子间谍几次往返,那片空白地带上留下了几行深深浅浅的脚印。霍赞兴奋起来,他迅速行动,捡了根枯树枝,仔细抹平了之前的脚印。

霍赞起身看了看,空白地带上的脚印都不见了,恢复成了刚刚松过土的样子。不过,霍赞脸上满意的表情似乎只存留了一瞬,他的眉头旋即又皱起来。但他并没有枯站着,而是再次弯下腰去,揪了一根扒地龙的长枝条,小心翼翼地将一头系在一棵稍显高大的菜苗上,另一头则缠到西墙边一棵断草的枯茎上。弄好之后,他用手指轻轻压了压,扒地龙的长枝条结实而又柔软。这时,他站起身来拍拍手,露出满意的表情。

夜晚降临,霍赞并没有像往常那样在单元门洞里苦守影子,只偶尔站在自家的窗户边朝向日葵地望一眼,即使什么都没看见,他也有一种意料之中的淡定。

可是第二天一大早,霍赞就一点儿也不淡定了。

他忐忑不安地奔向向日葵地,先是察看了空白地带的松土,又找到了昨天缠系的扒地龙枝条。他每看一眼,脸上的紧张就舒缓一些,到最后,简直喜得合不拢嘴了。

他激动得紧紧攥住了双手,想分享喜悦,却又无人可分享。

霍赞到中午时才终于见到毛轩。

"松土上有脚印。"

他兴奋地对毛轩说。

"什么脚印?什么意思?"

毛轩疑惑地望着他,丈二和尚摸不着头脑。

"扒地龙的枝条也断了。"

霍赞仍旧自说自话。

毛轩一脸蒙,完全不知道霍赞在说什么。

"那个影子——那个间谍昨天晚上又出现了。"

霍赞终于说到了重点。

"什么?又出现了?!他没有逃跑?"

毛轩惊讶地问。

"没有,他肯定还有重要的刺探任务没完成。"

霍赞分析说。

"决不能让他刺探到我们导弹旅的情报。"

毛轩急切强调。

"今晚就抓他。"霍赞胸有成竹地说,"这回他肯定跑不了。"

26

第二天晚上,二人做了抓捕间谍的万全准备。

霍赞参考上回哨兵叔叔抓捕间谍的行动,重新部署了兵力。他让毛轩埋伏在壕沟的最南边,往常间谍都是从向日葵地的最南边来,这样的话,只要影子出现,毛轩就能第一个发现。而他呢,则匍匐在向日葵地的北边,那是间谍回到潜藏地的必经之处。只要间谍出现,他俩就南北夹击,间谍肯定跑不了,只能乖乖地束手就擒。霍赞试图创造一种简易的发信号的方式,比如当影子间谍出现的时候,让毛轩学猫叫把信息传递给他,好让他能提前准备。但是,毛轩试了好几次,学得一点儿都不像,霍赞怕他弄巧成拙惊动了间谍,只好作罢。

"那我们什么时间合围?"毛轩急于知道自己行动的时间点。"影子一出现你就跟着。"霍赞强调,"不是跳出来跟,还是在壕沟里悄悄地跟着,等我这边行动的时候,你再跳出来帮忙,咱们给他来个出其不意,一招制敌。"听霍赞的语气,仿佛他们的抓间谍行动跟游戏里点鼠标战胜敌人一样轻松。

毛轩给霍赞竖了个大拇指:"你这个主意还真不错。"说完,毛轩就顶着夜色跳入壕沟,准备朝着自己的战位而去。可是这时,霍赞又把毛轩叫住,他想起来毛轩之前盯人的时候睡着过,决定和毛轩互换战位。他蹲守在最南边,而毛轩匍匐到最北边。

这晚的月光分外明亮。熄灯号响过不久就起了风,头顶高大的泡桐树的树枝被吹得左右摇晃,影子投在地上,忽前忽后,忽快忽慢,就像一个技艺精湛的舞者翩翩起舞。

霍赞正看得入神,忽然一大片叶子落下来,它的影子也顿然在霍赞的视野里变大。霍赞吓了一跳,恍惚觉得有人从墙头跳下,他神经紧绷,定睛看时,却什么都没有看到。

霍赞望向毛轩的方向,希望他不要睡着,却又担心他已经睡着。

霍赞忽而又担心起来:他们俩到底能不能生擒间谍?他急速在脑子里整理关于抓捕的画面,那是小兵张嘎的机智,是关云长挥舞青龙偃月刀的英武,是霍去病指挥千军万马的豪迈,也是孙悟空手指一点的神奇——他兴奋起来,胸中也积蓄起新的自信。

随着吱呀一声,霍赞从骤停的风里听到了危险的迫近。

他屈身在壕沟里往外看时,才发现在向日葵地最南边的围墙里镶着一扇小门。他大吃一惊,瞪大了眼睛看着那个小门悄悄地打开,又悄悄地关上,而门这边则多了一个黑色的影子。他心中一紧:肯定是间谍来了。很快,缓缓移动过来的影子印证了霍赞的猜测。他瞪大眼睛,看着影子慢慢逼近,又从与他咫尺之隔的空白地带朝毛轩的方向而去。霍赞紧张极了,也兴奋极了,他尽力屏住气息在壕沟里悄悄跟了上去。

这会儿,霍赞根本没法让毛轩知道影子间谍已经出现。

他只期盼,但愿他的亲密战友没有在这会儿呼呼大睡。

霍赞的战斗情绪高涨,时刻准备着跳出壕沟,配合正面作战的毛轩一举将影子间谍拿下。可是,他眼看着影子间谍走过了他和毛轩约定的擒敌地点,毛轩那边竟没有一丁点的动静。霍赞的战斗热情迅即下降,他疑惑得很,毛轩为什么不行动?他因为胆怯而逃离了吗?还是说他在等待一个更好的机会?霍赞紧张极了,影子间谍再往前走就到他潜藏的公寓楼边了,他很快将走出向日葵地,那时候再去抓就非常困难了。

"哎哟——"

就在这时,寂静里传来一声饱含怨气的大叫。

"谁……谁在这里?"

紧接着,又传来一声惊恐的质问。

霍赞瞬时就看明白了。原来匍匐在地上等影子间谍的毛轩不出意料地睡着了,而行进至此的影子间谍也没有及时发现地上的毛轩,结果呢,没有主动出击抓捕影子间谍的毛轩却意外地成为影子间谍的绊脚石。这时候,毛轩显然已经意识到敌人的到来,他起身后迅疾朝影子间谍扑去。霍赞也已经从壕沟里跳了出来,他一面帮助毛轩抓住尚来不及挣脱的影子间谍,一面打开手电筒,明晃晃的光柱朝影子间谍的面部照了上去。

这个时候,他看到了可怕的一幕。

影子间谍在手电筒的灯光里用一张恐怖的面孔回击霍赞:他的头部甚至都不是完整的,而是只有明显萎缩了的半边,额头和半边脸凹陷,只有一个耳朵,鼻子也只剩下半个,上嘴唇挡不住牙齿。看到这可怖面孔的霍赞被惊得像定住了一样愣怔在原地。

"我倒要看看你的真面目。"

毛轩抓紧了影子间谍的胳膊后才凑上来看。

"啊——鬼——是鬼呀——快跑呀!"

毛轩被惊得大叫起来,随即拔腿,狂奔着逃离。

霍赞这时也才反应过来,他紧跟在毛轩身后,也狂奔而去。

七、惊心动魄的相遇

27

霍赞回到家里后仍旧惊魂未定。他脑子里全都是影子间谍那可怖的面孔,他弄不清影子间谍的模样为什么那么可怕,他甚至又一次疑惑起来:影子间谍到底是人还是鬼?他怕影子间谍追来,先是飞奔到每个房间把窗子关起来,又返回来把门反锁起来,刚坐到沙发上,又被白晃晃的灯光照得心慌,赶紧起身把家里的灯全都关掉了。

霍赞独自静坐在黑暗里,他不敢伸展肢体,甚至连呼吸都刻意控制了节奏。他竖起耳朵,神经紧张地捕捉着来自影子间谍的声音,一声虫叫,一阵风声,甚至冰箱冷却制动的声音都让他心惊胆战。过了一个多小时,他才确定影子间谍并没有追来。

出离了恐惧的霍赞又沮丧起来。

霍赞又想到了爸爸给他讲过无数次的无敌战将霍去病。霍去病第一次出征匈奴时,只有区区几百人,却完全不知道害怕是什么,不但长驱直入杀进数万匈奴的兵阵之中,而且还大获全胜。霍去病挥师漠北从来都迎难而上,不管对方有多少人,也不论对方统帅是谁,他都以必胜之信念夺取胜利果实,直到捣毁匈奴老巢,封狼居胥,成为无以匹敌的一代大英雄。

霍赞惭愧得很,他和毛轩打着抓间谍的旗号出发,却落了个狼狈逃跑的结局。霍赞一遍遍地想着,要是霍去病遇到影子间谍,不要说他是丑陋的鬼样子,就算真是鬼,霍去病也肯定会毫不畏惧地将他擒获。

对英雄的仰慕和对自己的羞愧如同两股无形的力量,在霍赞的脑子里纠缠着。他敏感的神经快速地在两者之间蹦来跳去。

"我可不是胆小鬼。"

霍赞在自个儿心里郑重地宣布。

"太吓人了,再也不敢去了。"

这是来自霍赞身体里的另一个声音。

霍赞一会儿坐下,却如同坐到了针毡之上,迅即又站起身来。他刚站了一会儿,却又腿软得无法支撑,很快就又坐了下去。他都搞不清自己到底要坐还是要站。

"不能让他逍遥法外。"

霍赞终于踏踏实实地坐到了沙发上。

"抓住他,一定要抓住他。"

霍赞又站起来,急匆匆出了门朝楼下跑去。

28

霍赞原本要去找毛轩,结果刚到楼下就遇上了。

"太巧了,我正要找你呢。"

霍赞激动得一把搂住毛轩。

"一点都不巧。"毛轩实话实说,"我是专门来找你的。"

霍赞的眼睛里放出光来,他充满期待地盯着毛轩问:"你是不是想出什么好办法了?"霍赞预感到了毛轩为啥来找他。毛轩显然也清楚霍赞问题所指,他得意地说:"我们可以找兵叔叔帮忙,多叫一些最好,人多力量大,我就不信抓不住那个影子间谍。"霍赞脸上的表情由晴转阴,皱眉问:"你难道不知道门口的哨兵和影子间谍是一伙的?"毛轩说:"当然知道。我说的兵叔叔又不是他们,他们是警卫营的,我们绕过警卫营找通信营、汽车营、电力营,实在不行找炊事班的兵叔叔也行。"霍赞皱着眉头,他觉得虽然毛轩说的不无道理,但霍去病每次出征匈奴的时候都是孤军挺进,从来没有哪一回因为匈奴人多而向别人求援,而他们只不过是抓区区一个间谍,如果真像毛轩说的那样大动干戈请外援,实在是……毛轩见霍赞不表态,着急地催问:"你说呀,到底行不行?"霍赞摇头,盯着毛轩说:"不叫别人。"又补充道,"你和我,就咱俩去抓。"这下该毛轩摇头了:"就我们俩? 这怎么可能?"

霍赞顿了一下,他没有给毛轩搬出只有他心里装着的孤胆英雄霍去病,而是直接跳到下一步打算:"咱们找到他在公寓楼里潜伏的房间,摸清他的底细。"毛轩插话说:"不入虎穴,焉得虎子?"霍赞兴奋地回应:"对,就是这个意思。"又补充说,"知己知彼,百战不殆。""可是——"毛轩显然还有一脑门子的问题,却被霍赞问住了:"不管影子间谍的底细是什么,你,还有我,都不是胆小鬼,对不对?"霍赞盯着毛轩,就像课堂上老师叫学生站起来后急于要出一个标准答案,毛轩这会儿就是那个站着的学生,他除了点头之外,似乎没有其他可以选择的回应。霍赞对毛轩的点头很满意。这会儿,他曾经的胆怯早已一扫而光,取而代之的是熊熊燃烧的英雄梦。

"你是最棒的!"

霍赞拍着自己的同伙给他鼓劲。

"你也最厉害!"

毛轩同样不吝于把夸奖之词送给他的小伙伴霍赞。

夜晚再次降临的时候,霍赞和毛轩也已潜伏到位。

霍赞藏身在壕沟里,眼看着将近凌晨归来的影子间谍从最南边的小门进入家属院,紧挨着西墙穿越了整个向日葵地,走到一排公寓楼的位置后,跨过壕沟朝着公寓楼走去。毛轩埋伏在对面公寓楼的单元门里,透过小窗格上的玻璃,目睹影子间谍从中间一个单元上了楼,过了一会儿,三楼的窗户里便透出令他欣喜的橘黄色亮光。

不久后,两个少年会合,他们头抵着头窃窃私语了很长时间才分别。

29

第二天上午,霍赞和毛轩再三核实,确定了影子间谍潜伏的具体地点:三号楼二单元 302 室。毛轩先试探性地敲了敲门:"有人吗?门口落了一把钥匙,你看看是不是你们家的。"没等到回应,他加大音量又喊了一次,屋里却仍旧静悄悄的。毛轩瞪大眼睛望着霍赞,霍赞果断接着又敲:"楼下……楼下漏水了,我看一下是不是你们家的问题。"等了一阵子,见没有动静,他又补充说,"漏得厉害,今天必须得修。"

霍赞显然等不及,他双手抵门,侧头把耳朵贴到门上。毛轩也蹲下身子贴耳去听。没有人说话,没有人走动,屋子里和楼道里一样静悄悄的。霍赞低头,毛轩抬头,他们四目相对之际几乎异口同声地说:"没人。"好极了!这正是他们求之不得的结果。

旋即,霍赞转身大跨步冲下楼梯,毛轩紧随其后。

他们下楼后直奔三号楼的后面。三号楼后面有一排高大粗壮的泡桐树,泡桐树的枝杈四处伸展,叶子铺天盖地。其中一棵泡桐树的树干上靠着一架铝合金梯子,这是毛轩从后勤职工那里借来的。霍赞扶着梯子,毛轩已经一脚蹬了上去,却被霍赞一把拉住:"这样是不是不好?"毛轩郑重地说:"咱们又不是当小偷,而是抓间谍,这么大的事,怎么会不好?"说完,他敏捷地登顶梯子爬上了树冠。霍赞望着猴子一样灵敏的毛轩,也赶忙攀梯而上。等霍赞爬上树冠的时候,毛轩已经沿着泡桐树枝爬到了302室的窗外,他一只手搭在窗框上,一只手在兴奋的喊声里招呼霍赞:"快来,窗户没关死。"

毛轩打开窗户,俩人先后翻窗进入屋内。

"会不会有机关和暗器?"

看多了武侠电影的毛轩警惕地环顾四周。

霍赞也紧张起来,他不但给不出答案,自己还被惊了一跳。

二人不敢轻举妄动,立在落脚之处谨慎打量着整个屋子。霍赞看到,屋子的格局和他爸爸的公寓房一模一样,两室一厅一厨一卫,七十多平方米,老旧的水磨石地面就像是沾了污渍,从来拖不干净。尤其卫生间不带窗户,就算打扫得再勤快,也总感觉有挥之不去的奇怪味道。客厅的布局却是完全不同的:他爸爸的公寓房里摆放着简易的三人沙发,沙发对面是电视,中间则横着玻璃台面的茶几;影子间谍的屋子里没有沙发和茶几,也没有电视,填充这些空间的是一排书架,还有一张破旧却干净的桌子。

霍赞走近几步,他看到桌子上摆放着相框、茶杯等物,以及一只药品箱。

毛轩抢先一步抓住了药品箱,他兴奋地问霍赞:"你说,这里面会不会有名堂?"霍赞摇摇头,他明白毛轩所说的名堂是指与影子间谍有关的秘密,他当然不知道答案,只急切地等待毛轩把箱子打开,以揭晓答案。银白色的药品箱带着密码锁,毛轩皱眉打开的时候才发现,那把锁就是个样子货,不但没有设置密码,甚至压根就没有锁上。

"这是什么?"

毛轩惊呼着从药品箱里拿出一只透明的密封袋。

霍赞定睛望去,被眼前所见吓得打了个寒战。

30

"这个肯定是间谍用来伪装自己的。"

毛轩拆开密封袋,取出了那个形状奇怪的面具。霍赞皱眉看到,面具接近皮肤颜色,但边缘已经因长期佩戴而被磨出白色。造型也独特,完全不像惯常见到的那种用来游戏的面具,而是有着显而易见的特殊用途。正面看就像骷髅,侧面有的地方凹陷,有的地方突出,完全没有规律可循。毛轩捏着面具前后左右看了一遍,却没有看出什么名堂,他试图往自己的脸上戴,刚贴上去就满脸嫌弃地拿开了。"你闻,臭烘烘的,是什么味道?"他屏住呼吸问霍赞,"这会不会是间谍抹在上面的毒药?"霍赞凑上去闻了闻,是消毒水的味道。他跟毛轩说,毛轩却不信,坚持认为一定是间谍预知了他们的到来,所以提前在面具上做了手脚。毛轩急忙把面具装进袋子,扔进药品箱。

"这是谁的照片?"毛轩又看着摆在桌子正中间的相框里的照片说,"看起来真是英俊潇洒。"霍赞早就注意到了照片上的那个青年:大眼睛,双眼皮,国字脸,灿烂的笑容很容易让人想到三四月间的春风,眉梢的一颗青痣和眉毛浑然一体,英气逼人,青春的气息隔着相框扑面而来。青年穿着军装,佩戴着中尉军衔的徽章。霍赞疑惑起来:"这个款式的军装——我怎么从没见过?"毛轩也恍然大悟:"对呀,现在的军装不是这样的,我家里我爸保存的老军装中倒是有这样的。"

"他为什么穿老军装?"

霍赞忍不住问。

"关键是,间谍为什么摆放他的照片?"

毛轩的疑惑之弦又同频共振到了最核心的问题。

"我明白了。"毛轩盯着霍赞频频点头,一副恍然大悟的样子。霍赞催问:"快说,你明白什么了?"

毛轩看了一眼霍赞,又盯着照片眯起眼睛沉吟说:"间谍为什么能够潜伏在院子里,而且长时间侦察导弹旅的情报？肯定是假借了这个叔叔的身份,要不然那个面具怎么解释?"毛轩移动步子,走到相框的正对面,接着说,"间谍把叔叔的照片放在这里,天天见,就会越来越熟悉,模仿起来就能以假乱真,才会骗过了所有人。"他停下来,显然已经自我说服,又盯着霍赞急切地问道,"你说是不是?"

"有没有可能……"

霍赞犹疑地开了口,可说了一半就止住了。

"什么可能?"

毛轩急不可待地催问着。

"借尸还魂。"霍赞望着照片说,"这个叔叔会不会被间谍害死了,然后间谍利用他的肉体干坏事？在别人看来,出现在他们身边的还是这个叔叔,他们根本不会想到是叔叔的肉体被坏人给利用了。"他转头看着毛轩说,"蒲松龄是这样说的。"

毛轩大为惊讶,他皱起眉头问霍赞:"蒲松龄是谁？他怎么知道间谍的事?"

霍赞知道毛轩理解差了,赶紧解释:"我说的是写《聊斋志异》的蒲松龄,他写了许多鬼故事,其中就有借尸还魂的。"

毛轩舒了口气:"你说的是这个蒲松龄呀,我还以为……"

"你还以为是哪个?"

异样的声音从身后传来时,俩人惊得差点跳起来。

霍赞和毛轩转身去看,他们面前站着一个魁梧的身躯。那人把衣服盖在头上,他们看不清他的长相。毛轩壮着胆子问:"你……你是谁? 你……想干什么?"霍赞也大喊着:"你……你不要胡来,我们知道你是谁。"他试图用自己的大嗓门引来救援。

大个头像是怕吓着霍赞和毛轩似的,缓缓地向后退了一步,轻声慢语地说:"我叫杨雄,是这间屋子的主人。"稍停顿了一下,又问,"你们俩干什么? 为什么会出现在我家里?"他盯着窗户,"你们从窗户进来的吗? 太危险了,以后可千万不能这样。"

"我们是来抓间谍的。"缓过劲来的毛轩义正词严地说,"这里根本就不是你家。"

"你就是我们要抓的间谍。"

霍赞的嗓门扯得更大。

"冤枉,冤枉!我怎么可能是间谍呢?"大个头辩解说,"我真的叫杨雄,这里真的是我家。"他说着朝霍赞和毛轩走来,并且伸出手。二人吓了一跳,本能地朝后退,却退无可退,被窗户给挡住了。大个头递过来的却是证件:"你们看,这是我的军官证,上面什么信息都有,假不了。"

霍赞和毛轩彼此望一眼,毛轩点点头,霍赞壮着胆子迈前一步,从大个头手里接过了证件。霍赞看到了一本和爸爸的证件一模一样的证件,红皮子,带条纹线的淡绿色内纸,上面明白无误地记载着姓名、军官证号、军衔、职务等内容。霍赞把军官证递给毛轩:"你看,他说的倒都是真的。"

"那——相框里镶的这张照片上的这个人是谁?"毛

轩一眼就看出了军官证上的破绽,他拿起桌上的相框质问大个头,"你老实交代,军官证上到底是谁的照片?你证件上的照片和这个人用的是同一张脸,这上面佩戴着上校军衔,可是,这人才是中尉。"

"那个中尉的照片是年轻时候的我。"

大个头轻声说。

"骗人!那张照片上的人根本就不是你,你只不过是假借了他的身份。你的真实身份,我们早已经知道了,你是刺探我们导弹旅情报的间谍,快承认吧,不要再装了。"

大个头哭笑不得:"间谍?你们怎么会觉得我是个间谍?"

霍赞向前踏出一步,盯着大个头,气势汹汹地说:"我们已经跟踪你很久了,你出去干了什么,晚上什么时候回来,走的哪条路线,这些我们全都掌握了。你以为你神不知鬼不觉,可是,要想人不知,除非己莫为。你要是不承认,那就把衣服拿下来,让我们看看,军官证上的这个杨雄到底是不是你。"又问道,"你究竟敢不敢露出真面目?"

"我……我怕我的面容吓着你们。"

大个头又往后退了一步。

"我们又不是被吓大的。"毛轩催促,"赶快拿下衣服。"

霍赞也说:"你再不拿下,我们就喊人了。"

"赶紧的。"毛轩胆子越来越大,他试图拽下衣服,"露出你的真面目。"

"我自己拿。"大个头后退了几步,直抵到墙上,他缓缓地揭掉了盖在头上的衣服。等待揭晓答案的霍赞和毛轩却被惊得大叫起来。他们又看见了那张虽见过但宁愿忘得干干净净的面孔:头甚至都不是完整的,而是只有明显萎缩了的半边,额头和半边脸凹陷,只有一个耳朵,鼻子也只剩下半个,上嘴唇挡不住牙齿。"你……你……怎么长成这样?"毛轩冲到了窗边,他那样子就像是随时都可能翻窗跳下去。大个头想拉毛轩却又不敢向前,反倒是又朝半开门的卫生间闪进半个身子:"我面部受过伤,确实挺吓人的。但是你们不要怕,我不是间谍,我叫杨雄,和你们的爸爸都是战友。"

"我……我们能走吗?"

霍赞惊恐地指指门。

"当然可以。"

大个头又朝卫生间里挪了几步。

"快呀!"霍赞呼唤愣怔住的毛轩,"赶紧走!"

毛轩像是才被霍赞叫醒,冲着刚打开的房门疾步离去。

八、他是谁

31

两人狂奔到公寓楼侧面的马路上时,依然惊魂未定。

"快,咱们赶紧找人把他抓起来。"毛轩急促地拉着霍赞往警卫营的方向跑,"他肯定是间谍,他假借杨雄的名义刺探情报,还有他那吓人的面容,肯定和那个面具一样,都是用来欺骗我们的。"他强调,"咱们得多叫些人,这回可不能让他跑了。"

霍赞终于还是拽住了毛轩:"他也有可能——不是间谍。"

"你被吓傻了吧?"毛轩惊呼,"竟然替他说话?"

"他就是杨雄。"霍赞盯着毛轩问,"你仔细看桌上的照片没?记不记得照片上的叔叔眉毛上有颗痣?"毛轩摇摇头:"这都什么时候了,你说痣干什么?"霍赞呱巴呱巴嘴,继续说:"我看到了照片上那个叔叔眉毛上的痣,和那个人的痣一模一样。"他解释,"我的意思是,就像那个人说的那样,他和照片上的是同一个人。还有他军官证上的照片,用的也是以前的,但那颗痣也在,这个千真万确,假不了。"

"可是,可是——"

猝不及防的毛轩陷入了沉思,他想反驳霍赞,却找不出理由。

"我们去问哨兵叔叔,看看导弹旅到底有没有这个叫杨雄的。"

霍赞提议。

"对呀,这是个好主意!"毛轩响应,"一问便知他的真假。"

他们跑到家属院哨位时,执勤的正好是相熟的眼镜哨兵。

"叔叔……叔叔……你……你在就太好了……我……我们问个人。"毛轩上气不接下气。眼镜哨兵警惕地看着毛轩:"不管问谁你们都不能出去,要想出去,必须经家长同意。"他再次强调,"这是规定,规定是用来遵守的,不是用来违反的。"

毛轩着急辩解,却说不出话,只顾得上喘气。霍赞替他说:"叔叔,我们不出去,就是想问,咱们导弹旅有没有一个叫杨雄的人?"眼镜哨兵瞪大了眼睛:"你们为什么问这个?"

"到底有没有这个人?"

毛轩终于喘匀了气。

"有。"眼镜哨兵肯定地说,"他可是我们导弹旅的大英雄!"

"真有呀?"霍赞和毛轩面面相觑。"他是什么人?"毛轩忙不迭地问。"他干什么了?怎么还成了大英雄?"

霍赞也追着问。他俩瞪大了眼睛盯着眼镜哨兵要答案,可眼镜哨兵抿了抿嘴唇,一个答案都没给,只是说:"他的事,我都是听班长讲的。"

这时候,年长哨兵正好来接哨。

"班长,快来呀,这俩小孩找你呢。"

眼镜哨兵朝着年长哨兵大喊。

年长哨兵由远及近,疑惑的目光自始至终都紧盯在霍赞和毛轩的身上。

32

"我当然知道杨高工了。

"没错,杨高工就是杨雄。

"他在导弹旅已经二十多年了。

"他的事我都知道。

"他不光在导弹旅是大英雄,放在全军全国也都是学习的榜样。"

……

年长哨兵的步子还没到哨位,就接了霍赞和毛轩如子弹般射来的一大堆问题。他一个个接住,又一个个解答。仿佛两个少年中的所有困惑之毒都能在他那里拿到解药。

"叔叔,那您赶紧给我们讲讲杨雄。"

毛轩催促。

"我们太想知道他是一个什么样的人了。"

霍赞也说。

"好吧,我就让你们见识一下什么叫导弹旅真正的大英雄。"

年长哨兵在哨位上正襟危坐,欣然接受了盘腿坐在他面前的两个少年的仰望。

年长哨兵望着辽阔的远方说:"咱们差不多得从二十年前讲起——

"那时候,杨高工大学毕业被分配到山里没多久,还只是旅里技术室的中尉助理工程师。他们那一批毕业的学员不少,却只有三个人被分到了技术室。听说呀,他们三个学历最高,技术也最好,是当时的技术室屠主任精挑细选定下名单,又一级级找领导做工作才把他们聚齐到技术室的。那时候导弹旅更新换代,把老型号的导弹都淘汰了,新型号导弹进驻阵地,也亟须一大批拥有新知识、新思想和新担当的年轻人补充进来。他们都很厉害呢,在很短的时间里都成为独当一面的技术带头人。这时候,最该高兴的自然是屠主任,以前呀,他不得不把导弹旅所有的技术重任都一肩挑,也被动地成为众所周知的导弹技术多面手,直到三个年轻人走上正轨,他有了接班人,总算可以歇口气了。

"可谁能想到命运是如此不公,那年,导弹旅即将上高原参加演习,屠主任带着三个年轻人加班加点地在导弹洞库里检修和测试新型导弹部件。大概是后半夜吧,洞库内的电线因为年久老化烧了起来。你们想呀,导弹洞库地方小、装备多,一旦碰了明火就全烧起来了。他们眼看着火势越来越大,这时候,他们只要跑,肯定是跑得掉的,但是他们都没有跑,而是冲进火海里把导弹部件往外搬。水火无情呀,那大火一旦烧起来,速度快得很,可是一点都不讲情面的,才不管你东西搬完没有,人走掉没有。导弹部件看着不大,用机械操作的时候似乎也轻松得很,但这时候他们人工搬就很吃力。可是,就算再怎么吃力他们也没有放弃,火在后面烧,他们在前面连拉带拽搬运导弹部件。不巧的是,就在导弹部件将要被抢救出来的时候,洞库的大铁门却因大火烧断牵引绳砸了下来。杨高工自告奋勇去抬铁门。他刚把门抬起来,门上的附属物就烧着了,其他人还没把导弹部件搬出去,他松不得手,只能硬生生在大火中挺着。大火烧着了他的衣服,烧焦了他的头发,烧伤了他的脸,他丝毫不退缩,就那样在大火里坚持着。直等到其他人把导弹部件都抢救出来,他才在战友的帮助下从大火里逃出来。他昏迷了好几天才醒来,命是保住了,脸上火烧的疤却再也治不好。"

"杨叔叔脸上的伤疤——"霍赞红了眼睛,"是那场大火烧的?"

"是呀。"年长哨兵无限感慨地说,"他为了抢救导弹部件牺牲太大了。"

"杨叔叔他……他在大火里面……就不怕疼吗?"

毛轩皱着眉头,仿佛二十多年前的那场大火灼痛的是他。

"他一心想着抢救导弹部件。"年长哨兵望着辽阔的前方说,"那个时候,也许大火灼烧肉体带给他的疼已经算不了什么了吧。导弹兵总是把责任看得比天都大!"

"他实在是太了不起了!"

霍赞难以想象肉体之身的人如何敢直面火海。

"杨叔叔绝对算得上大英雄!"

毛轩发自内心地赞叹。

"你们现在知道杨高工是大英雄也不晚。"年长哨兵望着面前的两个少年,摇着头说,"以后别再把杨高工当成食人怪或间谍就好。"说完,年长哨兵又望了一眼远远站着的眼镜哨兵。眼镜哨兵羞红了脸,低着头自我检讨说:"那次的事都怪我,下不为例。"霍赞和毛轩瞬间也红了脸。他们知道,年长哨兵说的是上次他们以发现食人怪之名,让眼镜哨兵带人帮他们抓杨叔叔的事。他们也知道,年长哨兵和眼镜哨兵都不知道,他们后来还跟踪并且再次试图抓捕杨叔叔。而且,就在刚刚,他们不但私自闯进了杨叔叔家里,乱翻他的东西,还当着他的面质疑他。

霍赞扭头看毛轩,毛轩羞愧地低下了头。

毛轩抬头看霍赞,霍赞涨红的脸上同样写满了愧疚。

33

霍赞和毛轩心事重重地走在从家属院哨位归家的水泥路上。他们的步子迈得很慢,好像这一步是从一个愧疚的泥淖掉入后悔的水坑,下一步又是从后悔的水坑滑入不知所措的冰窟。他们的脸红得发烫,心却是冰冷的,在炎热的夏天也禁不住瑟瑟发抖。他们清晰地知晓自己冤枉了一个好人,他们后悔错把光荣的英雄当成了间谍。

"我们应该去道歉。"

霍赞终于做出了这个理所应当但实际上无比艰难的决定。

"可是,我们怎么去?"毛轩皱着眉头看霍赞,"又怎么说?"

霍赞陷入短暂的沉默,他也在绞尽脑汁思考这个问题。过了一会儿,他果断地说:"这些其实没有什么难的,我们……我们不要老想着以前的事。我的意思是,不要刻意在乎杨叔叔的容貌,也不要想着他是个大英雄,就把他看成和其他叔叔一样的叔叔,他和我爸爸还有你爸爸都是战友,自然也是我们的叔叔,我们就像去其他叔叔家里那样去他家里,也像对其他叔叔说话那样和他说话。当然了,我们以前做得不对,这次是去道歉,这个应该……应该没什么难的吧?"

"那我们这回去得走正门吧?"

毛轩半醒半梦地问。

"当然了。"霍赞恨铁不成钢地问,"你是不是爬树翻窗上瘾了？"

毛轩挠挠头："我总觉得这个事吧，嗯，不好弄。"他打起了退堂鼓，对霍赞说，"要不然，这个道歉的事我就不去了，我也不知道该咋说。我刚才听了，你说的都有道理，我也都同意，干脆你一个人去，把我代表了得了。"霍赞当然不干："犯错的是咱俩，我一个人去道歉算咋回事？难道先道一半歉，剩下的一半回头再道？中国历史上下五千年也没有这么弄的吧？"毛轩退而求其次："你说得也对，这个事不能一半一半来。嗯，要不然今天别去了，咱都消化消化，看怎么说，找个合适的时间再去。"

"不行，就今天，现在，走！"

霍赞斩钉截铁地拉着毛轩朝杨雄家的方向走去。

"可是，可是——"

毛轩的抗拒不但在嘴上，也在极力想挣脱霍赞的挣扎上。

"今天的事情今天做，要不然晚上睡不着觉。"

"可是——"

"越磨蹭越想磨蹭。"

"好,我不磨蹭,听你的。"

俩人拉拉扯扯间一抬头,已经到了杨雄家所在的楼栋门口。

九、真相大白

34

俩人一边拾着楼梯往楼上去,一边你推我让指望对方敲门,还没说定,就已经到了302门口。他们惊诧地发现,不用谁敲,门已打开,半掩着,只等去推。

霍赞看毛轩,毛轩也看霍赞,却都不再往前走。

最终还是霍赞清了清嗓子,轻轻地把手落在了门把手上。他推门迈进一只脚的时候,就已经看到了在客厅里正襟危坐的杨雄。他早已经把问候挂在了嘴边,一见到杨雄的面就脱口而出:"杨叔叔好,我们……我们来给您道歉。"毛轩也紧跟在霍赞身后探进来半个脑袋,他惊讶地发现,面前坐着的杨雄再不是那副吓人的面孔,而是戴上了面具。那副他俩之前已经见识过的骷髅一样令人生畏的面具,这会儿戴在杨雄的脸上倒是刚刚好,不但遮掩了令人发怵的疤痕,而且让他们感到一种之前未有过的亲切。

"你们承认我是杨雄了?"

杨雄的开心从露在面具外面的眼睛里迸发出来。

"承认,承认——"毛轩忙不迭地说,"您是导弹旅的大英雄。"

"也别什么大英雄了。"杨雄笑说,"不是间谍就行。"

霍赞听了直挠头:"以前是我们不对,特意来向您道歉。"

"别在那里站着,来,快进来,坐这儿。"杨雄一边招呼霍赞和毛轩,一边从桌子底下拉出两个凳子。霍赞轻轻迈出一步,毛轩紧贴在霍赞身后,却都没有上前坐到凳子上。杨雄拍拍凳子:"来呀,快坐。"见二人犹豫,他调侃说,"怎么,怕我是食人怪,真会吃了你们不成?"霍赞见杨雄旧事重提,顿觉羞愧,脸上发烫的感觉消融了内心残存的胆怯,他率先坐到了与杨雄挨着的凳子上。毛轩紧跟霍赞,也坐到了另一只凳子上。

"杨叔叔,以前的事是我们不对,对不起。"

霍赞又回到了道歉的主题上。

"说对不起的应该是我。"杨雄的面具戴着似乎不合适或者不舒服,霍赞和毛轩刚进门他就开始不停地用手扒在脸上调整,却又总调整不好,于是一直处于调整的状态,这个过程应该极为不适,他不得不持续性地皱起眉头,"我以为遇不上你们,也吓不着你们,谁知道,千躲万躲还是遇上了,真希望没有给你们造成心理伤害。"

"没有没有。"霍赞忙摆手,"我们没受到伤害。"

"那就好。"杨雄自我调侃,"我看到镜子里的自己都害怕。"

"嗯。"毛轩本能地应了一声,可他突然反应过来,在杨雄说出那番话之后,做出肯定的回应着实不妥,又忙不迭地摇头,"不会不会,我们胆子大着呢,一点儿都不怕。"

霍赞赶忙响应:"对,不害怕。"

"那个,那个——"杨雄突然痛苦地捂住了面具,急切地指着霍赞和毛轩背后的桌子,"那个紫色的瓶子,麻烦帮我取一下。"霍赞看到桌上有两个紫色的瓶子,一大一小,赶忙问:"大的小的?"杨雄说大的,他赶紧取了递给杨雄。杨雄打开后本来用棉签从里面蘸药水,可能是觉得太慢,索性把药水瓶子的瓶口抵在额头上,缓缓地抬起瓶底,让药水顺脸而下。药水漫过面具遮掩的面部,从杨雄下巴处滴下来。

毛轩把抽纸递给杨雄,杨雄接过后抵住下巴。那些紫色的药水缓缓浸在了抽纸上。大概是太疼了,杨雄禁不住倒吸一口气。很快,白色的抽纸彻底变成了紫色。

"杨叔叔,您这是干什么?"霍赞禁不住问。

"每到夏天,旧伤经常复发,"杨雄咧着嘴说,"得时常消毒。"

"那——"霍赞疑惑,"您怎么不把面具取下来涂药?"

"我可不想再把你俩吓跑。"杨雄用轻松幽默的语气说。

"我们不害怕。"

"我们也不跑。"

他俩的话虽然足够真诚,却没能说服杨雄取下面具。

霍赞和毛轩皱眉看着杨雄,对他此刻经受的痛苦感同身受。

他们难以想象这就是英雄的日常,他们为此刻所见感到无比难过。

35

杨雄终于把按在面具上的手拿了下来,看样子是药水起了作用,他的疼痛似乎减轻了一些。他把浸满了药水已经变成紫色的抽纸拢成一团,精准地投掷进两块瓷砖距离之外的纸篓里。"总之是我考虑不周,"他又回到了刚才的话题,"不该让你们看到我的样子。"他刻意不正面对着霍赞和毛轩,但霍赞仍然捕捉到了他眼中流露出的友善。

"我们疑惑得很。"霍赞望着杨雄,"您为什么总是那么晚才回到家属院?"

"对呀,每次都差不多次月凌晨了。"毛轩皱着眉,"而且还都走向日葵地。"

"刚才不是说了嘛,"杨雄把掩在面具背后的脸朝霍赞和毛轩转过来,但旋即又转了回去,"我千躲万躲想着不和你们碰面,所以才那么晚回来,所以才不走寻常路。"

"您到底怕我们什么?"

毛轩不可思议地望着杨雄。

"不是杨叔叔怕我们,"霍赞纠正毛轩,"是杨叔叔怕吓着我们。"

毛轩恍然大悟:"哦,明白了。"

杨雄点点头,既是肯定了霍赞的说法,也是对毛轩的后知后觉表示理解。杨雄告诉霍赞和毛轩,每到假期,他就更改自己的作息时间,往往是不等起床号响起就去了阵地,等到熄灯之后才回来。之所以这样,是因为许多官兵的家属在假期入住家属院,他要避开他们。对于导弹旅的官兵来说,他们都知道二十多年前的那场大火,了解杨雄的故事,也接纳和习惯了杨雄被大火烧蚀的畸形容颜,但他们的家属不知道,难免会受到惊吓。这么多年里,即使杨雄小心小心再小心,注意注意再注意,仍免不了和探亲的家属打照面,结果嘛,可想而知。杨雄心里清楚得很,虽然他出门之后尽可能地佩戴面具,但一个出现在家属院的面具人同样会令家属们心生畏惧,带给他们极为不好的探亲体验,这是他万万不愿意看到的。所以嘛,这个夏天也一样,杨雄总是一大早就去了阵地,霍赞和毛轩自然见不到,晚上他总熬到次日凌晨才回来,而且走的是贴着西墙的向日葵地,按理说也不会有人发现,可偏不凑巧,那天晚上被霍赞给看到了,还横生出后来的系列事件。这是谁也没想到的,算是两个少年枯燥暑假里一段离奇的插曲吧。

"这么说,还要感谢你呢。"毛轩笑嘻嘻地望着霍赞。

"感谢我什么?"瞪大了眼睛的霍赞觉得莫名其妙。

"如果不是你那晚受到惊吓,"毛轩说,"我们就遇不上杨叔叔。"

"遇不上我才好呢。"杨雄叹了口气,"在你们的脑中装下我的这副面孔,总是一件不怎么美好,也不怎么愉快的事情。"他推心置腹地说,"我宁愿从未与你们相见。"

"不会不会。"霍赞赶忙强调,"与您相见我们觉得非常美好。"

毛轩也说:"认识您非常愉快。"

杨雄的眼睛里充满了暖意:"谢谢你们。"

"我们应该感谢您。"霍赞激动地盯着杨雄,"您有那么英勇无畏的光辉事迹,却情愿一直默默无闻。您都已经是上校军官了,却依然坚守在这偏僻的大山里。"

"您真是了不起呢!"毛轩也由衷地对杨雄说。

"可是——可是——"霍赞犹豫了一下,还是艰难地抛出了内心的困惑,"杨叔叔,有个事我真是理解不了,您已经伤成这个样子了,难道从来就没想过离开?"

杨雄显然对这个问题颇感意外,他扭头望了一眼霍赞,却没有立即答复。

"我是说,"霍赞解释,"您应该想过离开山里,去更好的地方。"

"你怎么问这种问题?"毛轩埋怨霍赞,"杨叔叔怎么会想着离开?"

"我敢向你保证,杨叔叔肯定不会这么想的。"毛轩又无比坚定地强调了一遍。

霍赞望着杨雄,等待他亲口说出答案。

"想过——"杨雄苦涩的笑里浸透着过往的故事,"而且差一步就真离开了。"

"什么? 不可能吧? 您怎么会想着离开?"毛轩完全接受不了这样的答案。

霍赞静静地望着杨雄。

他知道,即将聆听到一段包裹在青春硬壳里的秘密往事。

杨雄不疾不徐地给两个少年讲起了二十多年前的自己。

36

我的老家在一个山窝窝里。

我出生在那里,生活在那里,成长在那里,学习在那里,十八岁之前从来没能离开过那里。我抬起头想看外面世界的时候,只看得到东、南、西、北四座山,它们唯一的区别是高低不同,可是即使最低的那一座也严严实实地挡住了我眺望世界的视线。

出山的路只有一条,走两个多小时才能到镇上,从镇上出发再走两个多小时,翻过大大小小四五座山才能到县城。我是在村里读的小学,在镇上念的中学。我那时候的梦想是能够去一次县城,可大山挡住了我的脚步,高考前都未能遂愿。我此生都忘不了往返于家和学校的艰难历程:晴天里尘土飞扬,雨天里泥水四溅,夏天怕野兽,冬天惧落石。我实在受够了，拼了命考高分，就是要离开那囚禁着我的四座大山。

我的出走之心是那样决绝，我坚定地认为没有谁可以阻挡我。

我以小升初第一名的成绩考上初中，又以中考第一名的成绩考上高中。

高考那次是我第一次进县城。我考完试后走遍了整个县城，第一次走了那么久的平地，第一次感受到冲击感官的繁华。那一刻我告诉自己，城市才是我人生的归宿。

我如愿考上了上海的一所大学，如愿离开了牢笼一样的大山。

上海有走不完的平地，也有看不完的繁华。我见到了以前只在电视上看过的黄浦江，登上了一览众"楼"小的东方明珠电视塔，领略了外滩的别样风情，也坐在沙滩上一日日吹着海风，畅想着大海那一头的迷幻景象。我在上海读了四年大学，努力改变自己，从灰头土脸的山里娃成为西装革履的城市青年。那时候,我已经完全融入了尽是平地和高楼的城市生活,我忘记了横亘在记忆里的大山,以为此生再不会与大山有瓜葛。

毕业之际,我犹豫再三,决定去北京闯闯。

我同学报名参加了那时还叫"二炮"的火箭军部队的直招军官考试。我们那时候都有一腔保家卫国的青春热血,加之他说"二炮"在北京——他没有说半句假话,"二炮"千真万确是在北京,而且笔试和面试的地点也都在北京——这个突然出现的抉择机会与我对北京的向往不谋而合,于是,我毫不犹豫地也报了名,并且顺利地通过了笔试和面试。

不久后,我如愿以偿地成为导弹部队的中尉军官。

那年,我们所有直招军官到"二炮"后,先统一参加了三个月的集训,之后被分配到不同的导弹旅。那时候我才知道,"二炮"之大远远超出了我的认知范围,除了北京的总部之外,在全国各地还有不计其数的导弹旅。而我却把"二炮"总部当成了"二炮"的全部。

没有人能留在北京的总部,大家都四散到各个导弹旅,从基层起步。

我在那一刻只是遗憾的,遗憾没有留在北京,遗憾距离心心念念的首都越来越远。可是,在坐了两天两夜的火车和十几个小时的汽车,继而又转乘进山的军车之后,我的内心滋生出无以复加的抗拒。我抗拒的不是分配的命令,而是再次囚禁我的大山。

我虽然第一次到导弹旅,却早已深深厌恶那绵延不断的大山。

我的绝望在于,导弹旅的山比我老家的山更大、更长,也更深。

从进入深山导弹旅的那一刻起,我就做好了以最坏结果离开的准备。我实在不能说服自己,用了十几年的努力却走进了更大的山里,那么,我所有努力的意义又何在?

我一次次告诉自己:无论如何,都必须离开。

杨雄的讲述戛然而止,继之而来的是长时间的沉默。

"那——最后结果如何?"霍赞试图打破沉默。

"对呀,您离开没有?"毛轩也好奇地追问。

"你们都看到了,"杨雄笑着摊手,"当然没有走,我现在依然在导弹旅。"

"那是为什么?"霍赞疑惑道。

"对呀,为什么?"毛轩的脸上同样写满了疑问。

"因为我改变了主意。"杨雄站起身来,走到了窗户前,他凝望着窗外的大山,犹如凝望他对家乡的回忆,也犹如凝望对导弹旅的坚守,"我会永远留下来的。"

37

窗外起风了,泡桐树上那一片片大象耳朵一样肥满而翠绿的叶子翩翩起舞,它们看起来是那样渴望自由,恨不得借风的力量舞得随性,飞得遥远,可叶柄连着泡桐树枝。这个季节的柄和枝饱含夏天的能量勃勃生长,正是最有力量的时候,对自由的渴望和风的怂恿尚不足以促成叶子远走高飞。要到冬天,气温降低,泡桐树在花木枯萎的季节苟延残喘,这时候,一阵凛冽之风,便如理发师般剃掉所有枯黄之叶。

"可是,您是完全可以走掉的呀!"霍赞急切地站起身来,他就像是突然间发现了一个长时间困扰自己的疑难数学题的解答办法。他之前也知道肯定有方法,但他又不清楚那个方法,所以他理所当然解不出答案。可这会儿,他发现有人知道方法,可奇怪的是,这个知道方法的人并不用现成方法去解题,却和他一样,把那个题目空着,就像这人从来不知道那个方法,也从来没打算用那个霍赞求之不得的方法把标准答案给推导出来,或者这人从来就没打算做对这个题目以获得卷面高分。这一点,霍赞不但完全不能理解,而且完全不能接受。"您因公受伤,而且是导弹旅无人不知的大英雄,您完全可以申请到大城市,不管怎么说,这对您的旧伤康复是大有好处的。您也完全可以换个单位,我明明看到城市里有部队单位,您可以去那里呀。再或者,您可以申请转业离开山里。"

霍赞急不可待地对杨雄支出了他能想到的离开大山的所有招数。因为爸爸,他把这个事情想得太久了,即使他暂时还无法找到一个让爸爸离开大山的万全之策,但这会儿,他显然觉得杨雄离开大山的条件太成熟了,只要杨雄想,应该随时都是可以的。

杨雄笑笑:"想离开大山的是以前的我,而不是现在的我。"

"有什么不一样吗？不管以前还是现在,不都是您吗？"

毛轩疑惑地望着杨雄。

"太不一样了。"杨雄回头望了一眼毛轩,又眺望窗外的风景。刚才的风带来一片云,遮住了阳光,外面瞬间暗下来。这会儿,云走了,阳光再次洒满大地,泡桐树叶也停止了翩翩起舞,尽情地舒展开肢体,享受着阳光的照耀。"就比如,上幼儿园之前,你们看着大点的小朋友背着书包去上学,肯定也急切地想走进校园里和小朋友们一起玩,可是现在呢,已经快要小学毕业了,你们说说,是不是还天天盼着到学校?"

"不不不,我也喜欢过暑假。"毛轩笑嘻嘻地说。

"那你们说说,以前的你们和现在的你们是不是还一样?"杨雄问。

"照您这样说,还真是不一样。"霍赞若有所思地点点头。

"太不一样了。"杨雄说,"以前的我觉得外面的世界很大,凭着自己的本事肯定能干成一番事业,可现在,山里才是我的全世界,我只有在这里才能实现价值。"

"可是,您的孩子肯定希望您回去,希望您陪伴他。"霍赞当着杨雄的面说出了他的心里话。

"我没有孩子,"杨雄轻快地说,"也就更没有离开的强烈念头。"

霍赞和毛轩惊讶地互相看看,都陷入了沉默。

"那——您打算永远也不离开吗?"毛轩打破了短暂的沉默。

"或许吧。"杨雄说,"我和你们的爸爸一样,至少现在没想过离开。"

"您认识我爸爸？"霍赞惊讶地望着杨雄。虽然都在导弹旅的家属院，但他和杨雄算是刚刚打交道，而且他也从来没有自报家门，实在难以想象杨雄已经对号上他的爸爸。毛轩也问出了同样的问题。杨雄点点头，他望向霍赞说："你叫霍赞，学习好，爱踢球。"又望向毛轩，"你叫毛轩，获得过武术比赛的第一名，英语单词却老是记不住。"两个少年瞪大了眼睛盯着眼前的这位大英雄，他们以为知道他是谁，这会儿却又迷糊了。杨雄传递给他们的信息已经大大地超出了他们的预料。

天将见黑的时候，霍赞和毛轩才从杨雄家里告辞离开。

霍赞和毛轩分别之后，以最快的速度飞奔回家里，迫不及待地给爸爸办公室打了个电话。得到爸爸"尽量早点回来"的许诺后，他心里半存着疑惑，半存着兴奋，迫切希望赶紧跟爸爸见上一面，也憧憬着从爸爸那里知道更多关于杨雄叔叔的故事。

十、一个和三个

38

爸爸回来的时候,霍赞已经睡着了。

他做了个梦,梦见杨雄叔叔离开大山到了城市里,住进了一家有着长长的走廊、水磨石地板、米黄色墙壁的医院。爸爸带着他去医院探望杨雄叔叔,他们推门进去的时候,霍赞看到杨雄叔叔脸上包着厚厚的纱布躺在病床上,床边站着两个护士,其中一个正仰头盯着输着的液体登记什么,另一个轻声慢语地叮嘱着术后的注意事项。杨雄叔叔见爸爸和霍赞到来,掀开被子要起身,却被爸爸给拦住了。爸爸无比欢快地握着杨雄叔叔的手说:"祝贺你呀,听说手术很成功,等到拆掉纱布的时候,你就可以痊愈了。"霍赞很是兴奋,他听得出来,杨雄叔叔做了旧伤康复的手术,用不了多久,他就可以见到杨雄叔叔的真容了。他着急问杨雄叔叔康复的具体时间,可是他说的话连自己都听不到,杨雄叔叔自然也听不到,杨雄叔叔甚至都看不到他,只顾着和爸爸说话,甚至没朝他这边看一眼。霍赞急得不行,他又大喊着问爸爸同样的问题,爸爸同样毫无反应,问两个护士,依然如此。霍赞这个时候才意识到,他虽然在现场,却只是别人看不见、摸不着、感知不到的旁观者。这时候,他只能放弃大嗓门的询问,只站在一边静静聆听爸爸和杨雄叔叔讲话。"也恭喜你呀,这么快就办理完了山里的手续,这次到市里工作,不但能照顾上家里,关键是能更多地陪伴霍赞。"霍赞眼睛一亮,心里想着:"什么?难道爸爸从山里调到市里了?"爸爸回应:"是啊,孩子一天天大了,必须得回来陪伴。以后我不但天天送他上学,接他放学,而且还要带他重走霍去病的征战之路,带他到美术馆看凡·高的画展,到现场看C罗的足球比赛,只要他愿意,随时都安排上。以前欠缺孩子太多了,回来就主打一个陪伴,全都补上。"

霍赞的梦被甜蜜浇醒,眼睛已经睁开了,还在咯咯咯地笑着。

"笑什么呢,这么高兴?"爸爸轻轻走到霍赞的床前。

"爸爸,你刚才说的是不是真的?"霍赞把爸爸在他梦里的许诺带到了现实中追问答案。

"我说什么了?"爸爸显然不知霍赞所云,"什么真的假的?"

这时候,霍赞清醒过来,他也才意识到爸爸之前的话是在他的梦里说的,而他刚才问的却是眼前真实的爸爸。他挠挠头,想掩饰这小小的尴尬,没等他开口,爸爸却猜透了缘由,笑着问他:"是不是做梦了?"霍赞点头:"你怎么知道?""我会读梦之术。"爸爸调侃地说完,又追着问他,"梦见我跟你说什么了?"霍赞惊讶地抬起头来,他甚至疑心爸爸刚才的确是走进了他的梦里,但他很快又否定了这种猜测。

"你是不是认识杨雄叔叔?"霍赞突然变换了话题。

"认识呀。"爸爸肯定地说,"不但认识,而且熟得很。"

霍赞瞪大了兴奋的眼睛。

"你怎么问这个?"爸爸望着霍赞,"你怎么会提起杨叔叔?"

"我们是不打不相识。"霍赞先是卖了个关子,然后从那天晚上第一次见到只是一个影子的杨雄开始,向爸爸讲述了他如何把杨雄错当成食人怪,告诉了眼镜哨兵,眼镜哨兵又坚定地认为他所见到的是间谍,带几个人抓住了被错当成间谍的杨雄,却又无缘由地放了。这让他和毛轩疑心那个总是以一个影子形象出现的杨雄不但是间谍,而且眼镜哨兵和他还是一伙的。于是,他和毛轩壮着胆子抓间谍,他埋伏在壕沟里,毛轩潜伏在向日葵地里,结果毛轩自个儿睡着了……霍赞讲到他和毛轩翻窗进入杨雄家之前就戛然而止,他可不想让爸爸知道他以小偷的行径私自闯到了别人的家里。

爸爸并不把霍赞所讲当作趣事,而是陷入了情绪复杂的沉默中。

"爸爸,"霍赞把他的疑惑都收拢在皱起的眉宇间问爸爸,"杨叔叔最不喜欢大山,刚毕业的时候宁可以战士身份退伍走都不愿意久待,可他为什么后来又不走了?"

爸爸终于从沉默里抬起头来。

"因为——你杨叔叔在这大山里的导弹旅有了牵挂。"他长长地呼了口气,就像是要给体内腾出空间以容纳更多的回忆,"我们——也都和他有一样的牵挂。"

"什么牵挂?"霍赞急不可待地追问。

"是一个人。"爸爸神色凝重地说,"一个值得尊重的长辈。"

"他是谁?"霍赞盯着爸爸,"他在哪里?"

爸爸很长时间没有给出答复,他的沉默如同即将爆发的万钧雷霆。

39

二十多年前,导弹旅迎来了一批刚从全国各地毕业的大学生。

在那之前,导弹旅的大学生稀缺得很,技术人员大都是从学历高的战士里选拔,顶多是高中生,相当一部分只不过是中专或初中毕业。那时候的导弹是老型号,工艺简单,操作相对也容易,用上十年二十年甚至更长时间,老兵们也都成了导弹技术某一方面的行家里手。可是,随着新型号导弹的列装,技术要求更高,操作流程变得复杂,曾经威震导弹发射场的"土专家""兵大拿"们都遇到了新问题,他们吃不透新图纸,解决不了新问题,自己颜面扫地的同时,也让导弹旅的建设发展经受巨大考验。

这时候,最迫切地要改变现状的自然是导弹旅的技术室主任屠守疆。

屠守疆干的都是技术活,所以最早发现了人才的短板,为此连续好几年给上级打报告提需求。但那时候大学生是香饽饽,不要说每年分到基地的没几个,就算分到基地,要么被其他导弹旅抢先要走了,要么毕业生的专业跟他负责的导弹技术岗位不匹配。这一回他应该是如愿了,两年前就打报告明明白白地写着要几个人,都是什么专业,虽说他要的六个人只来了三个,但专业都对口,进了他的技术室就立马能当苗子培养。屠守疆毕竟年届六十,到了快退休的年龄,在此之前的很多年里,导弹技术的静态、动态、发射状态把关都是他一个人,虽说三种状态听着很像,具体到技术层面却有很大的差别,如今他必须得赶紧在退休之前,给三项工作培养三个带头人。

杨雄和另两个大学生一起被分配到了技术室。

屠守疆把他们三个当成宝贝疙瘩一样稀罕。他们一报到,屠守疆就协调给他们分单身宿舍。别的干部都是两人一间,屠守疆说他们跟别人不一样,硬是争取到了每人一间。又解决他们的供给关系,按说供给关系两三个月之后才能办好,这期间的伙食他们得自掏腰包解决,但屠守疆让后勤从他账上划钱,他只跟三人说技术室是特殊单位,供给关系特事特办已经弄妥。他还给他们组织了一次摸底考试,以了解他们的专业和特长,并据此分别给三个人确定了专业分工。这个时候的屠守疆就像刚分得土地的农夫,他松了土,施了肥,浇了水,撒下种子,一日日盼着,急等着发芽、开花、结果。

三个年轻人却并没有和屠守疆想到一起去,事情很快朝着相反的方向发展。

第一个递交退出现役申请书的就是杨雄。他在申请书里明确地说,他知道军人的责任,他懂得军人的使命,他也愿意为了祖国和人民的利益牺牲自己的生命。但是他天生厌倦大山,如果能够离开大山,他干什么都可以;如果只能困守在大山里,他宁愿脱下军装退役。他不要待遇,不要荣誉,不要未来,宁愿背个处分以战士身份离开。

屠守疆十分震惊,他没有想到自己千盼万盼盼来的人会把话说得如此决绝。

屠守疆一次次找杨雄谈话,都毫无结果,因为杨雄唯一的要求是离开大山,而屠守疆不可能以一己之力把导弹旅搬离大山。除此之外,他对杨雄说的每一句话都得不到杨雄的一丁点回应。杨雄有自己的追求,那是他多彩青春调色板里诸多颜色的一种。

"我必须得走,这一点确定无疑,没有什么可商量的。"这是杨雄在那段时间说得最多的一句话,当然,都是对屠守疆说的。年轻杨雄的决绝几乎不近人情。

屠守疆想尽办法,却又毫无办法。

这个时候,另两个年轻人也来找屠守疆。屠守疆欣喜地以为他们有了挽留杨雄的好主意,谁想到,他们也提出要走。他们说出的理由和杨雄的完全不一样。其中一个说女朋友在他们曾经共同上学的那个城市工作,写信说了,如果他不回去,他们就一拍两散,他不能失去女朋友,所以宁愿离开大山。另一个说,他在山里不适应,吃不惯、喝不惯、住不惯,夜里还常常做噩梦,他每一天都过得极为焦灼,他实在是受不了了,必须得走。屠守疆木然地看着他们,就像看到自己辛勤种植的庄稼刚刚长出幼苗,却被一场暴雨侵袭,被一场冷霜捶打。他强忍着,伤心的泪水只能汩汩地倒流回体内。

屠守疆老了,他即将退休,这是不可逆转的事实。

杨雄要走,另外两个年轻人也要走,他们的决绝之心比钢铁还要坚硬。

"老的和新的都走了,导弹旅该怎么办?"

这是屠守疆彻夜难眠也想不出答案的难题。

40

那天晚上的大火,似乎是在一瞬间突然烧起来的。

中秋已过,山里的夜晚清冷而寂静。月光笼罩下的远山之巅立着一排排行将落叶的乔木,如同整装待发的士兵。穿越河谷的溪流自东而西,漫过鹅卵石与撞击河岸的声音如同秘密的进行曲,在静夜里显得尤其响亮。飞禽走兽惯常活动在远离导弹旅的山的另一面,但夜幕降临之际,它们也试探着朝这面来,偶尔发出惊心的嚎叫声。

山谷中的导弹旅并没有完全沉睡,除了哨岗,亮灯的还有导弹洞库。

屠守疆带着他心爱的三个徒弟,正在导弹库房里加班加点登记新型号导弹部件的数据资料。这个时候的屠守疆已经不是刚迎来三个徒弟时的屠守疆,那时他心中有千里沃野,眼前有百花齐放,可如今,这一切都成为虚幻的海市蜃楼。屠守疆的态度却没有变,他还是那个循循善诱的长者,耐心地指导,仔细地纠正。哪怕他在一天,也要尽己所能;哪怕他们留一天,他也要把他们当作导弹旅的技术骨干来对待、来培养。他扎根大山四十多年,从一开始就这样,也从来都是这样。三个年轻人也专注而认真,他们从来是学业和技术上的一把好手,他们因为自己的选择而被愧疚裹挟,可那时候的他们并不打算改变自己的选择。那也是他们在彻夜难眠后痛下的决定。

四个人都不说话,只默默地做着手头的工作。

屠守疆偶尔打破洞库里的沉默。有时,他点名问谁某个技术名词,对方都答得上来,只不过偶尔有不规范的地方,他语气轻缓地予以纠正、补充。也有时,他看到谁登记的某个数据资料有偏差,却并不当场指出,而是再仔细核对一遍,果真不够精准,他才轻轻地点出来。他们都知道彼此心里想着什么,该说的都说了,该劝的也都劝了,这时候已经说无可说,也劝无可劝,沉默是最好的状态,沉默也是最好的回应。

"什么味道?"杨雄第一个嗅到了危险。

"哪里冒烟？不好，要着火！"

屠守疆循着烟味紧跑着往洞库最里面寻找着火的地点。

大火如同蓄谋已久要害人性命的恶棍，就在屠守疆紧赶慢赶往洞库最里面跑的时候，它迎面喷了出来。三人同时看见了瞬间射出的火焰，也几乎同时大喊着："师父，火，起火了！快跑，往外跑！"屠守疆紧急刹住了脚步，他觉察到了危险的迫近，在转身之际，大喊着让三个年轻人赶紧往外跑，而他却在刚刚接收的导弹部件边停下了逃命的脚步。他试图抱起导弹部件，可是，那上百斤重的金属部件岂是他说抱就抱得动的？但屠守疆并不打算放弃，他弓腰把部件紧紧地搂住，咬紧牙关拼命想站起身来，却接连失败。这时候，三个人已经躲过熊熊大火冲到了洞库门口，他们只要转身再跑几步，就能到达安全地带，但他们并没有那么做，而是再次冲到了洞库内。他们迎着火焰的炙烤从屠守疆手里抢过了导弹部件，大喊着：

"师父,你先走,我们抬!"话音刚落,导弹洞库下沉式大门的牵引绳被大火熔断,随即,笨重的大门在一声巨响后重重地落了下来。三人傻了眼,大门一关,就都出不去了,只能等着被烧死。"来个人,跟我抬门!"屠守疆临危不惧,他喊完之后,率先朝着大门跑去。杨雄回过神来,紧紧地跟了上去:"师父,我跟你一起抬!"大门已经过火,烫得根本没法用手抓,但这是唯一的逃生之路,他们又不得不抓。杨雄刚把手搭上去,就被烫得咧嘴直吸溜,如同被蝎子蜇了一般赶紧把手缩了回去。"来,我数一二三,咱们一起用力!"屠守疆的手似乎是钢筋铁骨,他脸上完全显不出被烫的痛苦,只紧紧抓着门的下沿朝杨雄大喊。杨雄紧咬牙关,忍着钻心的灼烫抓住门的下沿。他们彼此望着,几乎同时大喊:"一二三,起!"门被缓缓地抬了起来,与此同时,外面的风裹挟着氧气涌入,火苗蹿得越来越高,也越来越急。"快,冲出去!"屠守疆大喊着。另两个人抬着笨重的导弹部件踩火而过,衣服着了他们全不在乎,头发冒烟他们全然不顾,艰难钻过被屠守疆和杨雄扛着的笨重大门,终于到了安全地带。与此同时,越发猛烈的大火也追身而来,洞库里面几乎成了火海,火舌不断地舔舐着大门,也灼烧着屠守疆和杨雄。"师父,快放手!"杨雄朝着屠守疆大喊。"不行,一起放谁都走不脱,你先放!"屠守疆催促杨雄。"不行,一起放,数一二三,一起走!"杨雄清楚得很,大门太重了,一旦他松手,屠守疆必定被砸倒在大门之下,那时候,救都没法救,大火瞬间就会将他吞没。"快呀,你快撒手呀!"屠守疆咬牙坚持着,也放声大喊着。导弹部件已经安全转移,他们必须得走了,但是,同时松手后的逃脱速度肯定不及大门的坠落速度,谁都跑不了,如果一个人松手,另一个人又必定难以支撑,绝无脱险的可能。情势万分危急,短暂时间里他们却又找不到万全之策。"好,喊一二三,一起松手,一起跑!"屠守疆的衣服烧了起来,头发也成糊状粘在了头上,他的脸上有汗水,也有血水。"好,我们一起喊!"大门已经烧了起来,杨雄尽力把头偏向一边,但仍旧躲不开熊熊的火焰,他的半个头正被跳跃的火苗吞噬。"一二三——"已经到达安全地带的两个人和扛门的两个人同时歇斯底里地大喊着,好像他们都觉得声音足够大能分担灼热的金属门的分量似的,这也是他们唯一能做的。"跑!"他们痛彻心扉地冲着火焰怒吼。杨雄听从屠守疆的命令,松了手,弯下腰,带着满身的烈火钻了出来。屠守疆自己却食言了,他根本没想着离开,而是独自咬牙坚挺着,那笨重的金属门在杨雄离开之后就落在了他一个人的肩上。大门无可阻挡地缓缓地落了下来,屠守疆也无可选择地慢慢地矮了下去。紧接着,一声闷响,大门落下,屠守疆被死死卡住。"师父,师父——"熊熊大火吞噬了撕心裂肺的呼喊,屠守疆再也听不到了。

屠守疆没等到几个月后自己的退休仪式,他永远留在了大山里的导弹旅。

41

"你看到那颗星星了吗?"

爸爸终于艰难地讲完了那件发生在二十多年前令他心碎的往事。他似乎有点喘不过来气,静坐着长呼了好几口气才好一些。他默默地站起身来走到窗边,打开了窗户。

霍赞闻声也走到了窗边,盯着夜空问爸爸:"哪一颗?"

"那边——那一颗。"

霍赞循着爸爸所指的方向,看到在山巅之上独悬着一颗孤星。它如同一位慈祥的母亲,在守望着自己的儿女;也如同一个威严的将军,在检阅自己麾下的千军万马。

"它叫什么星?"

"我师父说它叫忘忧星。"爸爸的思绪又回到了他的青春岁月,那时候他刚到山里,那时候还没有发生那次火灾,那时候的回忆里还泛着淡淡的美好,"我们那时候刚到山里,很多人不适应,有闹情绪的,有水土不服的,也有喊着要走的。师父说他刚来的时候更为艰苦,他也想过走,但你走了我走了他也走了,事业谁来干?责任谁来担?总得有人留下来,总得有人扛下责任。他那时候已经在山里待了四十多年,从十几岁的小伙子到年近花甲。他说,他也有想家的时候,也有难受的时候,遇到困难的时候,他就坐在河边看星星。其他星星来得晚走得早,只有那颗是夜空里的'劳模',你需要它的时候,它总在那里,从来不辜负抬头看天的人。师父只要见到它,就像所有的烦闷都被消解了,冗琐腾空了,心也轻快了。那颗星星是他一个人的秘密,直到我们到大山里,他把导弹旅的工作和责任托付给了我们,也把那颗星星交给了我们。"

"忘忧星这会儿尤其明亮呢。"霍赞由衷地感慨。

"是呀,大概是师父在上面看着我们呢。"爸爸深情地说。

"爸爸……就是……当年和杨叔叔一起被分配到屠守疆前辈部门的是不是还有你和毛叔叔?"霍赞好几次欲言又止,但他又急切地想知道答案,所以,还是忍不住问了,"我的意思是,你们都想离开,然后那天晚上共同遭遇了那场大火?"

"是的,我们当年差点成为懦弱的逃离者。"爸爸远望孤星,就像检讨自己差点儿一步踏错的青春,"得亏遇到了师父屠守疆,我们才有机会重新审视自己。"他又长长地叹了口气,"我们那次也几乎葬身火海,我们侥幸逃脱,但师父替我们死了。"

"那次——只是一场意外。"霍赞试图给悲伤的爸爸一个安慰。

"我们亏欠师父,一辈子都亏欠……"爸爸在悲伤中不断重复呢喃着。

霍赞陪着爸爸一言不发地长时间伫立在窗前。

一阵风来,乌云疾走,远处山巅的树木也随之摇摆,如同军阵闻令整队,即将开拔。不一会儿,风停了,乌云也不见了踪影,树木静止,孤星又亮闪闪出现在天际。

霍赞再没有向爸爸追问为什么杨雄叔叔决定一生坚守大山。

他已经知道了一切选择的答案,也懂得了所有坚守的理由。

十一、承诺

42

霍赞刚到导弹旅的时候，觉得每一天都是极为煎熬的。从早上到中午再到晚上，他掐算着一分一秒朝前走，家中表盘里的时针、分针和秒针似乎都生锈了，老态龙钟的慢悠悠劲儿实在让他着急。可是自从遇到以影子出现在他的世界里的杨雄叔叔后，一切都发生了明显的变化，尤其是表盘里的针们，就像油门踩到底的汽车一样，在自己的领地里狂飙突进。这不，不经意间，八月就在一阵凉过一阵的山风里接近尾声。

妈妈再次打来电话催他回家的时候,霍赞才意识到不得不离开导弹旅了。

霍赞一连几个晚上都守候在向日葵地里等待杨雄,要和他郑重地道别,并且告诉他,用不了多久,顶多到寒假,自己还会再来导弹旅,来看望他。除此之外,霍赞的心底已经生长出跟大山里的花草树木一样数不胜数的要和杨雄说的话。他有时遗憾,自己和杨雄叔叔竟然是以那样的方式见面,有时也庆幸,要不是那样,还见不上呢。

霍赞每晚都守到凌晨,却始终没有见到杨雄叔叔。

杨叔叔休假了吗?霍赞暗自思忖。

他会不会生病了?霍赞又担心起来。

这天一大早,霍赞就直奔三号楼二单元302室。他敲门,里面没有动静。他呼喊杨雄叔叔,里面仍是没有回应。霍赞不得不遗憾地放弃了,可就在他转身准备下楼的时候,对面的301室开了门。一位70岁上下年纪的老人走了出来,他自我介绍是导弹旅的退休军人,也是杨雄以前的同事。问清霍赞的名字后,他递过来一个相框:"没问题,这个就交给你了。"他告诉霍赞,"杨雄到阵地值班去了,半个月之后才能回来。他把这个寄放在我这里,说如果有一个叫霍赞的小孩来找他,就将这个转交给霍赞。"

"谢谢您。"

霍赞接过了相框。相框中的照片上是个英俊的青年:一头茂密的黑发,饱满的额头,国字脸,浓黑的眉毛,传神的眼睛,高挺的鼻梁,红的唇和白的齿同时定格在笑容里。霍赞那天在杨雄家里见过这张照片,此刻,他久久凝望照片,热泪禁不住涌出。

"爷爷,这个是不是年轻时候的杨叔叔?"霍赞向老人核实。

"是呀,多好的小伙子,当年这相貌跟电视上的明星比一点儿也不差。"老人唏嘘感慨。

"杨叔叔——他有没有给我留下什么话?"

霍赞擦了一把眼泪,充满期待地望着老人。

"留了,留话了。"老人顿了顿,像是终于想起来了似的,却又记得不是清晰流畅,便边想边说,"他说很遗憾这次没见面。他还说,你是个调皮又可爱的好孩子。"

霍赞先是热泪横流,继而破涕为笑。他擦干了眼泪,对老人说:"爷爷,麻烦等到杨叔叔回来的时候,您也转告他,我寒假的时候还会来的,我到时候再来看望他。"

"好,没问题。"老人说,"他没说错呢,你真是个有心的好孩子。"

"谢谢爷爷。"

霍赞转身下楼,他把装着杨雄青年时代照片的相框紧紧抱在怀里。

43

第二天一大早,霍赞就将离开导弹旅家属院回家了。

爸爸这晚回来得比往日都早,他在十点的熄灯号响起之前就已经进门。爸爸先是把霍赞已经收拾好的行李又检查了一遍,他虽然嘴上不说,但从细致入微的动作可以感知到,他认定了自己的宝贝儿子是个丢三落四的小糊涂蛋。但令他颇为意外的是,他在这件事上并没有发现霍赞的什么破绽,自然而然,也就没有什么可指摘和提醒的。

"该装的都装起来了吧?"

爸爸似乎不甘心,又象征性地盯着霍赞问。他还清楚地记得,有一次霍赞把课本落到了家属院,还有一次,霍赞找不到第二天上学穿的校服时才想起,校服还在家属院晾着呢。

霍赞信心满满:"全都装了,保证一样不落。"

"暑假作业呢?"爸爸又问。

"没问题,第一个装的——这个上学可是要交给老师的。"

霍赞从装好的箱子里取出暑假作业向爸爸证明。

"拿过来,我给你检查一遍。"看得出来,爸爸之前并没有检查霍赞暑假作业的打算,这会儿只不过是看到暑假作业后临时增加一个项目。他显然对此事背负责任,觉得该为儿子的学习尽到一个爸爸该尽的责任,也附加着优越感,理所当然觉得必定能在其中发现接二连三的问题,进而给予纠正,并借此给儿子来一番苦口婆心的教育。

"哪里不对,可一定要指出来呀。"

霍赞骄傲得就像交给爸爸一份无与伦比的荣誉。

爸爸郑重地接过了霍赞递过来的暑假作业。爸爸开始看得很慢,但几页之后就提高了速度,紧接着,他很快看完数学,又很快看完语文,随即又以更快的速度看完了英语。他把三本暑假作业还给霍赞的时候想说什么,却卡住了。他没有在霍赞做过的题目里发现任何错漏,曾经想好的那些教导之词已经没有了落脚点。就像一个百发百中的狙击手做好了充分的准备,却找不到靶子,自然不知该把子弹射向何处。爸爸似乎对暑假作业的真实度有过瞬间怀疑,但他很快将不确定的怀疑变为确定的褒奖。

"不错。"爸爸欣慰地说,"给你三个一百分。"

"肯定不能错。"霍赞冲爸爸做了个鬼脸说,"虎父无犬子嘛。"

"嗯,你妈妈今天给我打电话了。"爸爸笑望着霍赞的脸渐渐凝重起来。霍赞急切地问:"妈妈打电话干吗?是不是同意我晚回去几天?"爸爸摇头:"妈妈又说起你闯祸的事,还有你暑假前的考试成绩一落千丈。"爸爸忧愁地说,"妈妈很爱你,可她更为担心你,如果一直这样下去她实在没有办法,所以妈妈今天打电话是说——"

爸爸顿住了,这可把霍赞急坏了:"所以妈妈说什么?"

"妈妈想让我离开导弹旅,转业到离家近的单位工作。"

爸爸心事重重地望着霍赞。

"别,别!"霍赞更急了,冲过去拉着爸爸的手,"爸爸,你可……可千万不要听妈妈的,你不能转业,我不同意你离开导弹旅,你……你不能当逃兵。"

"可是你怎么办?"爸爸盯着霍赞问,"你不是催着妈妈让我转业吗?"

"那是以前,"霍赞急迫地说,"现在是现在,跟以前不一样了。我这就给妈妈打电话,我改主意了,不催着你转业了。"爸爸拦住了准备打电话的霍赞:"那你怎么办?你老闯祸,而且成绩一降再降。"霍赞露出了狡黠的笑容,他终于向爸爸坦白了实情。因为得知了马宝的爸爸是因为马宝老闯祸和成绩差才转业回去的,所以他就想着照葫芦画瓢,也闯闯祸,成绩考得差一点,这样的话,爸爸也就可以转业回家。

"你这个小家伙。"爸爸笑着批评霍赞,"竟然把三十六计都给我用上了。"

"那是以前,"霍赞强调说,"现在我一丁点儿都不想让你回去。你就在导弹旅上班,哪儿都不能去,我寒假还要再来呢。"随即又拍着胸脯保证,"你就放心工作,不用为我操心。我回去后,绝对不会再闯祸,考试成绩也一定让你刮目相看。"

"这么自信?那你可一定要说到做到!"

爸爸举起一只手掌。

"君子一言,驷马难追!"

霍赞也举起手,和爸爸击掌立约。

44

霍赞回到家的时候,妈妈已经早几天从老家归来。霍赞迫不及待地追问妈妈姥姥的病情,妈妈告诉他姥姥已痊愈。霍赞高兴极了,提出跟姥姥姥爷视频通话。他贴心地叮嘱两位老人照顾好自己身体的同时,还分享了自己在导弹旅家属院的奇遇。他说自己爬上了门口有一座古庙的百兽山,并且把眼镜哨兵吓唬他的食人怪故事又给姥姥姥爷讲了一遍,逗得两位老人在那边开怀大笑。他还介绍自己结交了一个叫毛轩的好朋友,他们一起砍掉了一大片歉收的向日葵,一起抓"间谍",也一起认识了个大英雄。

"你认识了哪个大英雄?"

妈妈好奇地询问刚刚挂断视频通话的霍赞。

"暂时保密。"霍赞神秘一笑,"答案很快就会揭晓的。"

"你去了一趟导弹旅,还学会打埋伏了。"

妈妈只能静等霍赞告知答案。

妈妈刚离开,霍赞就像被提醒了一样,翻箱倒柜寻找爸爸的画像。上次,因为爸爸不转业的答复让他气愤,霍赞将爸爸从自己的"英雄军团"中"除名",曾经一笔一画用心画出来的爸爸的画像也不知被他塞到什么地方去了。他找了书架,找了衣柜,找了床底下,甚至把卫生间的储物柜都翻了个遍,却仍旧不见它的踪影。霍赞皱眉敲着自己的脑门,仿佛能把当时胡塞爸爸画像时的记忆从脑袋里敲出来似的,但显然是毫无结果。

"妈妈,你有没有见到我给爸爸画的像?"

霍赞明明知道这件事情和妈妈毫无关系,也默认了妈妈给不出他想要的答案,但他早已经习惯了向妈妈寻求帮助,很多时候,妈妈的无所不能都大大出乎他的意料。

"你看看,是不是这个?"

妈妈展示给他的竟然真是那张他找了半天却踪迹全无的爸爸的画像。

"就是,就是!"霍赞惊讶地问妈妈,"你从哪里找到的?"

"从垃圾堆里捡的。"妈妈还真不是开玩笑。妈妈去垃圾站扔套在一起的几个装过快递的纸箱子,都已经扔完了,却又不经意地回头望了一眼。这时候,爸爸的画像也不知从哪个夹层里滑了出来,正用无辜的眼睛和妈妈对视,妈妈这才转过身去将它抽出并带了回来。但凡妈妈不回望那一眼,爸爸的画像毫无疑问将永远无处可寻。

"谢谢妈妈,你简直是大慈大悲的观世音菩萨!"霍赞忙不迭地从妈妈手里接过画像,既愧又喜:愧的是,他终于想起来,那天自己把爸爸的画像从"英雄军团"中揭下来后,就随后扔进了过道的纸箱里;喜的是,幸亏妈妈的回眸一望让画像失而复得。

霍赞腾空学习桌的桌面,小心翼翼地把爸爸的画像平摊上去,一遍遍用手抒平。

这一次,霍赞心甘情愿地又把爸爸编入了他的"英雄军团"。

随后,霍赞在桌面上铺开稿纸,开始画一幅新画。

第二天下午,霍赞到滨河公园足球场踢足球。他踢完后刚回到小区院子,正巧碰到马宝。马宝得知霍赞暑假去了大山里的导弹旅后,急切地追问霍赞有没有说服爸爸从部队转业。霍赞摇着头骄傲地说:"我才不会让爸爸转业,他可是导弹旅的军人。"

"可是——"马宝疑惑地问,"你爸爸不转业回来就陪不了你呀。"

这时候的霍赞已经不在乎陪不陪的事了,他的心里已经装下了更加宏伟磅礴的念头。他极想给马宝讲杨雄叔叔的故事,可是话到嘴边又止住了。那是他一个人的秘密。

几天后,霍赞的新画终于画好了:新式军装,上校军衔,一头茂密的黑发,饱满的额头,国字脸,浓黑的眉毛,传神的眼睛,高挺的鼻梁,红的唇和白的齿同时定格在盈盈笑容里。霍赞对自己的新作品极为满意,认真而又仔细地装嵌进新买的画框里。

"妈妈,你快来看看,相框挂得正不正?"

霍赞把这幅新的画像编入了他的"英雄军团"。

妈妈指导霍赞端端正正地把画像挂到墙上后问:"这个是谁呀?"

"这个就是我给你说过的大英雄呀!"

霍赞兴奋地告诉妈妈。

妈妈仰视新画,面色凝重。此刻,她似乎全明白了霍赞归来后变化的缘由。

"英雄军团"一溜儿在霍赞房间的墙壁上"列阵"。

在与"绘画英雄""足球英雄""超级英雄""我家英雄"平齐的新画像下面,他一笔一画将其命名为"影子英雄"。